W0295794

30 ANYS 1986 2016

bromera

ESGUARD

TÍTOLS PUBLICATS

2. *Escales d'una fuga.* Mariano Casas
3. *Allah Akbar (El morisc).* Miquel Ferrà
4. *Pellroja, rostre pàl·lid.* Maria Jesús Bolta
5. *El silenci del mariner.* Toni Oliver
6. *Si la gran deessa ho vol.* Enric Lluch
7. *Manuscrit de mossén Gerra.* Josep Franco
8. *El justícia.* Joan Torró
9. *La sang dels francesos.* Mariano Casas
10. *L'esclau del Mercadal.* Dolors Garcia i Cornellà
11. *Júlia.* Isabel-Clara Simó
12. *Quan la llibertat s'amagava a les muntanyes.* Abel Caldera i Pujols
13. *Les cendres del cavaller.* Silvestre Vilaplana
14. *Un riu d'espigues.* Manel Ballart
15. *Vent d'Almansa.* Josep Franco
16. *Temps de conquesta.* Enric Lluch
17. *La llegenda del corsari.* Francesc Gisbert
18. *Dies d'ira.* Vicent Josep Escartí
19. *Cicatrius de 1714.* Andreu Martín
20. *Tirant lo Blanc.* Joanot Martorell
21. *Esperant la lluna plena.* Vicent Sanhermelando
22. *El tresor de Karim.* Jesús Mollà

Polígon Industrial 1 - 46600 Alzira
www.bromera.com
Disseny de la col·lecció: Enric Solbes
Coberta: Carles Barrios
Impressió: Romanya - Valls

1a edició: març, 2014
3a edició: juliol, 2016
ISBN: 978-84-9026-202-3
DL: V-676-2014

PAPER ECOLÒGIC
TCF LLIURE DE CLOR

FOTOCOPIAR LLIBRES
NO ÉS LEGAL

LLIBRE AMIC DELS BOSCOS
PAPER PROCEDENT DE FONTS RESPONSABLES

Esperant la lluna plena

Vicent Sanhermelando

XVIII Premi Fundació Bancaixa
de Narrativa Juvenil

ESGUARD
bromera

Premis Literaris Ciutat d'Alzira 2013

Aquesta obra va ser guanyadora del XVIII Premi Bancaixa de Narrativa Juvenil, patrocinat per Bancaixa i promogut per l'Ajuntament d'Alzira. Formaven el jurat Vicent Enric Belda, Carlos Correal, Ramon Ferrer, Gonçal López-Pampló i Bernat Santabasilisa.

Al meu fill Robert,
perquè li pertoca, perquè s'ho mereix,
i perquè la seua alegria
ens ompli de goig a tota la família

INTRODUCCIÓ

Malgrat els gots de vi que havia begut, Llorenç Cases era totalment conscient de com es complicava la situació. Allò que només semblava una conversa intranscendent entre pescadors que, havent venut el peix, esperaven el capvespre, havia derivat en una picabaralla on les acusacions d'infidelitat religiosa augmentaven de manera perillosa. Si a l'inici només tenien la intenció de punxar-lo, ara, sota els efectes del vi, més d'un pensava que era necessari escarmentar la dona de Llorenç, aquella morisca que, deien, de segur que seguia practicant d'amagat la religió islàmica.

–Això no és cert –la defenia Llorenç–. Fa molts anys que es va convertir, i m'ha donat un fill cristià.

–Diuen que no compra mai carn de porc! –va recriminar un dels presents.

–Per l'amor de Déu! Som pobres! No tastem la carn de porc, ni de vedella, ni de res. Mengem el que jo pesque i verdures destriades.

–I què em dius dels encanteris que fa? Tot lo món ho sap.

–Jo també ho he sentit dir –va afirmar una veu que sorgia des de l'entrada.

Llorenç es va quedar de pedra. Amb la intensitat de la discussió no s'havia adonat de l'arribada de l'agutzil Picó, un personatge temut per tota la rodalia a causa de l'arbitrarietat amb què resolia conflictes i les falsedats que incloïa en els informes que donava als seus superiors.

–No ho crega, senyor agutzil. La meua dona sap curar algunes malalties perquè coneix les propietats de les plantes, però no fa cap bruixeria ni és una infidel.

–Pense que demà hauré de visitar-vos per fer comprovacions...

Se li va gelar la sang. Llorenç sabia bé que aquella visita duria males conseqüències. Picó no aniria a sa casa si no era per fer-ne alguna de les seues.

–M'han dit que els moriscos que treballen al camp, quan paren a beure aigua, dissimulen i es posen a resar de cara a la Meca –va acusar un dels clients de la taverna.

–A la meua dona només la deveu haver vista resar a l'església, en la missa dels diumenges.

–Per què no anem a veure si és veritat que sap resar? –suggerí un dels pescadors.

La idea fou ben rebuda pels que estaven més borratxos. A més de combatre l'avorriment, veien una forma de manifestar el menyspreu que sentien pels moros. Afortunadament, no s'ho van prendre amb pressa perquè acabaven d'encetar una altra ronda mentre amollaven disbarats, així que Llorenç es va retirar cap a la porta i isqué al carrer sense que se n'adonaren.

La Taverna de l'Ofegat es deia així perquè estava situada al peu d'un xicotet tossal al marge esquerre de l'Ebre. Per accedir-hi, calia passar per una estreta senda vorejant el riu, i sovint, algun client borratxo queia a l'aigua i s'ofegava. Llorenç va recórrer el caminet tan de pressa com les cames li permeteren. Quan va arribar a la muralla, la va seguir per la banda de baix perquè era l'itinerari més curt, encara que el més agrest. Tornà al camí pla en arribar als embarcadors, on el pantaix l'obligà a parar un poc per a recuperar l'alé. Mirà cap arrere i, en veure que no el perseguien, es va sentir un poc alleugerit. Creuà el port i s'endinsà en el raval dels pescadors, fins a arribar a la modesta cabanya on vivia amb la família. Va obrir la porta violentament i trobà Zahira, la seua dona, remenant el contingut d'un perol.

–Apaga el foc, que hem d'anar-nos-en! –va cridar.

–Què passa?

–No hi ha temps per a explicacions. Hem de fugir ja. On està Jaume?

–Em crides, pare? –contestà el fill, que va aguaitar per un finestró.

–Afanya't a entrar!

Després de demanar a Jaume que replegara un parell de mantes i algun tabard, Llorenç va anar a buscar la daga que guardava en un baül, juntament amb una bosseta amb unes poques monedes. Zahira es va encarregar de posar en un mocador un poc de pa i peix salat que tenia. Van eixir tossint de la cabanya pel fum que es va fer en banyar les branques enceses. Jaume va barrar la porta per dins i botà pel finestró. Després, el tancà amb un cordell que hi havia mig amagat per a passar el forrellat des de fora. El sol ja s'havia post, però encara quedava quasi mitja hora de claror. Era massa prompte per a entrar a la ciutat sense ser vistos, però en sentir la cridòria dels pescadors borratxos que s'apropaven, mogueren cap allí. No obstant això, en arribar al portal de Llevant, tombaren per la banda de fora de la muralla per buscar la porta de Tramuntana, encara que s'arriscaven a trobar-la tancada. Però hi hagué sort. Entraren dels últims, en companyia d'uns camperols. Ja dins del recinte, intentaren aparençar normalitat, i mentre caminaven, el cap de la família els va explicar per què els perseguien. Lluny d'asserenar-se, Zahira sentia com la por l'envaïa. I el seu estat d'ànim va empitjorar quan el marit li va dir que es dirigien a casa de la seua primera esposa.

Llorenç Cases havia sigut un comerciant pròsper de Montblanc, i s'havia casat amb Caterina de Vítem, d'una de les famílies benestants de Tortosa. El germà, Guillem de Vítem, no va veure mai amb bons ulls aquell matrimoni, i amb la mort prematura de Caterina en el part del seu fill únic, la relació entre els cunyats es va fer malbé. Llorenç va llogar Zahira, una criada morisca, per criar el nadó, però al cap de poc de temps, ella quedà embarassada. Llavors, Guillem va reclamar la custòdia de Bernat, el nebodet innocent que duia la seua sang, i va tirar al carrer el seu cunyat i la morisca. Sense casa, sense la protecció dels Vítem i amb els negocis com més anava pitjor, la parella es va veure abocada a la pobresa, de la qual ja no eixirien.

–Guillem, saps que no t'he demanat res en tots aquests anys, però ara hi ha en joc la meua vida i la dels meus. Et pregue que m'aculles uns dies mentre trobe una eixida.

–I per què hauria de fer-ho? No vull saber res de tu, i menys de la teua família –va contestar amb menyspreu.

–Compadeix-te de Jaume, almenys. El xic no és culpable dels pecats de son pare.

–Ja m'encarreguí del teu primer fill. No faré el mateix per un moro.

–Tingues pietat, Guillem! –va suplicar–. La nostra vida penja d'un fil.

–Com a màxim, vos deixe quedar-vos al corral a canvi de no tornar a veure-vos mai més a Tortosa. Si demà de matí esteu ací, avisaré personalment l'agutzil Picó.

Va ser una nit d'insomni, d'aquelles en què no descansa ni el cos ni la ment. Què podien fer? Els pescadors potser se n'oblidarien en un parell de dies, però l'agutzil se sentiria enganyat. Calia fugir cap a un altre lloc, però quin? En territori cristià podien trobar una situació semblant o pitjor a la que ara patien. I anar a un regne musulmà...

–Balansiya[1] –deia Zahira, amb determinació–. Potser encara trobe els familiars que tenia allí, i ens ajudaran.

–No és una opció bona –es queixava Llorenç–. Diuen que el rei en Jaume no pararà fins a conquerir-la. Com vols que anem cap a una ciutat que espera una guerra segura?

–No n'hi haurà. Pactaran el pagament d'un tribut i tot seguirà igual. I si no fóra així, sempre podríem baixar cap a Cullera o Dénia...

Llorenç no ho veia clar. Refugiar-se en una ciutat mora els estalviava els problemes que tenien ara, però Balansiya, o València, com li deien els cristians, era un fruit massa cobejat pels nobles aragonesos i per la mateixa corona. Així

1. Nom àrab de la ciutat (i del regne) de València, encara que segles abans l'anomenaven Madinat al-Turab.

i tot, conclogueren que era la millor alternativa. Al grau hi hauria faena per a un pescador, malgrat no ser musulmà, i Jaume no devia tindre dificultats per a llogar-se a treballar en qualsevol cosa. De segur que podrien tirar endavant més fàcilment que en altres llocs. Zahira estava plenament convençuda que prenien la decisió encertada. De sobte, havia recuperat el seu fervor islàmic, i trobava que no podia seguir vivint lluny dels seus germans de religió.

Quan l'alba començava a aclarir la foscor del cel, la família ja estava a la porta de la muralla, on no va costar massa que el sentinella els deixara eixir. Van passar per la casa, i comprovaren sorpresos que els assaltants de la nit anterior no havien aconseguit entrar-hi. El fill va obrir la finestra, botà dins i desbarrà la porta perquè el pares pogueren agarrar alguna cosa més per al viatge. Llorenç va carregar els atifells de pesca, la dona prengué algunes peces de roba, entre les quals va ficar un Alcorà, el llibre sagrat que tenia amagat. Jaume va agafar el poc de menjar que trobà al rebost i va moure cap a la font per omplir d'aigua dues bótes de pell. Una estona després van fer cap a l'embarcador. Acomodaren la càrrega a la barca i començaren a remar riu avall, buscant la seguretat que només podia donar-los la mar. En deixar l'Ebre, Llorenç no pogué contindre les llàgrimes. Arrere restava la seua terra, la riquesa del delta, on collverds, anguiles, llisses o carpes li havien permés sobreviure durant els últims quinze anys. Ara ho perdia tot. Estimava la seua dona, i pagava la pena començar de nou per seguir al seu costat. Ella el va abraçar, amb una barreja de felicitat per deixar el país on la van dur per la força, i de compassió pel marit que ara plorava, l'home que la rescatà de la seua esclavitud i la va fer mare.

El vent va entrar per la popa i la barca s'enfilà cap al sud amb la vela ben inflada. El més pesat del matí fou el sol, que els féu consumir bona part de l'aigua que duien. A migdia l'aire va parar i aprofitaren la calma per a descansar els braços de l'esforç d'estirar els caps d'una vela tan vella que semblava a punt d'esgarrar-se. Jaume va capbussar-se en les aigües cristal·lines de la Mediterrània, un poc tèbies encara, malgrat haver entrat la tardor. Menjaren uns rosegons de pa i unes safanòries, i en alçar-se un poc de vent de llevant, continuaren la travessia.

La vesprada passà lenta i avorrida. El vent bufava molt fluix i avançaven molt a poc a poc. En fer-se de nit, plegaren la vela i es prepararen per a dormir. No volien desembarcar per evitar situacions compromeses. Enmig de la mar, l'únic perill era que moguera una tronada i calguera buscar refugi a terra a través de la foscor. La temperatura havia baixat bruscament quan els rajos solars perderen força, i hagueren de posar-se tota la roba que duien i tapar-se amb les mantes, en un intent inútil de protegir-se de la humitat. Llorenç es va adormir de seguida, però hagué de passar una llarga estona fins que l'engrunsament de la barca sobre les ones féu que Jaume i la mare agarraren profundament el son. Moments abans, però, Zahira li va desitjar bona nit al fill a cau d'orella.

–Dorm tranquil, que des d'ara tot canviarà. Fa molts anys, em truncaren la vida quan em segrestaren i em dugueren a Tortosa. I hui, la nit de la lluna nova de sàfar de l'any 635,[2] et jure que trobaràs la felicitat al cor del regne de Balansiya, la terra dels meus avantpassats.

El son que tant tardaren a conciliar es va convertir en malson en despertar-se de matinada: no feia ni un pèl d'aire i una espessa boira ho emblanquinava tot i els deixava sense cap referència visual. Quan escampà, vora migdia, van descobrir que s'havien allunyat bastant de la costa, així que Llorenç i Jaume decidiren posar-se a remar, a l'espera d'un vent que no s'alçà fins a mitja vesprada. Va ser un dia pràcticament perdut, i el pitjor de tot era que ja no els quedava aigua i només un poc de peix salat per a menjar. «Maleït dimecres»,[3] es repetia Zahira, que ja feia unes quantes hores que estava marejada, per això, quan el sol s'escapava del cel, Llorenç enfila cap a terra. El terreny semblava ser una marjal. Si més no, tindrien aigua dolça. Van encallar la barca a la platja quasi a fosques. Jaume no pogué tancar els ulls en tota la nit. La mare s'alçava a vomitar sovint, i quan es restablia un poc, els raucs de les granotes i els crits dels ocells nocturns no el deixaven reprendre el fil del son. I a més, ara que no podien navegar, es va girar un vent que els hauria fet volar per l'aigua. Per això, quan la

---

2. Aquesta data es correspon amb el 20 d'octubre de 1237. El calendari musulmà comença arran de l'hègira, la fugida del profeta Mahoma a la ciutat de Medina.
3. Segons la tradició musulmana, l'últim dimecres del mes de sàfar el profeta Mahoma experimentà una millora abans de morir, per això s'associa aquest dia amb la mala sort.

claror començà a emblavir el cel negre, es feren a la mar. Aleshores, preveient que durant aquella jornada arribarien al seu destí, Zahira va començar a donar recomanacions al fill. Desembarcarien en terres de la mitja lluna, així que havia de tindre cura de no parlar la llengua cristiana, sinó la parla dels musulmans que ella li havia ensenyat. Encara que havia tret la corpulència del pare, els trets físics i el color de la pell i dels ulls eren de la mare, per la qual cosa el prendrien per musulmà. També calia canviar el nom.

–No pots dir-te Jaume –el va advertir Zahira–, des d'ara t'anomenarem Yaqub, que és el mateix nom en àrab.

–Yaqub? M'agrada! –va dir mentre se li escapava un somriure de complicitat, perquè aquell era el nom que li deia sa mare quan estaven a soles a casa.

No seria tan complicat fer-se passar per moro. Fins i tot, també d'amagat, l'havien instruït en els preceptes religiosos de l'islam.

L'experiència del pescador dirigint la vela els va permetre avançar un grapat de milles en poc de temps, tantes que, abans del migdia, Llorenç va albirar en la llunyania el que podria ser el grau de València, perquè el perfil de la costa ja no dibuixava muntanyes, sinó un pla on s'estenia l'horta, més enllà de les marjals que vorejaven la mar. Van atracar en un lloc on desembocava un riuet, al qual s'abocaren ansiosos per satisfer la set. En aguaitar per darrere dels canyars, van veure una gran casa i altres edificacions al costat, enmig d'uns camps que semblaven estar en plena producció. Zahira tornà a indisposar-se i, ocupats a atendre-la, no van veure arribar un home a cavall que, de sobte, aparegué davant d'ells.

–Que la pau siga amb vosaltres.

–Amb tu siga la pau.

–Qui sou? –els va preguntar.

–Som gent humil que hem vingut a Balansiya a buscar uns familiars –contestà Jaume, amb la llengua dels musulmans.

–Què li passa a aquella dona?

–No res, és un mareig. És que no està acostumada a viatjar per la mar. Si descansa una estona, de segur que li passa.

–Pot caminar?

–Sí –va contestar Zahira, amb un fil de veu.

–Bé. Aneu a la vil·la –va dir, assenyalant la casa gran– i pregunteu per Jamal.

L'home es va quedar callat mentre mirava desconfiadament Llorenç. Probablement es preguntava si el cristià no devia ser un fugitiu de la justícia.

–Pregunteu per Jamal –va repetir–. Ell vos atendrà.

Es creuaren amb dos o tres treballadors abans d'arribar a la casa, on els isqué al pas Jamal. Després de les explicacions, l'home, que semblava ser l'encarregat, oferí a Zahira asseure's a l'ombra d'una figuera, en un banquet d'obra xapat de taulellets, apegat a la paret de llevant. Al cap de poc temps, li van traure un got amb aigua bullida amb unes herbes que la mare semblà reconéixer, perquè les acceptà de bon grat. Amb l'hospitalitat que caracteritza els musulmans, Jamal preguntà a la resta de la família si els treia alguna cosa de menjar, alhora que es va interessar per Llorenç, el component del grup que no parlava la llengua dels altres. Jaume li explicà per damunt la composició familiar i l'origen tortosí del pare. Com que van dinar i comptaren a tothora amb l'amabilitat de l'amfitrió, li van preguntar, per indicació de Llorenç, si coneixia algun lloc on hi haguera treball per a ells. Jamal va fer un gest negatiu, però els digué que s'esperaren i va entrar a la vil·la. Al cap de poc, va eixir seguint un home ben vestit, que tenia l'aspecte de ser el senyor de la casa. Després d'algunes preguntes, els donà la contestació.

–No tinc faena per a vosaltres –va respondre al matrimoni–, però el xic podria encarregar-se de les tasques que feia mon fill abans de l'accident...

Als pares els va caure el món damunt. No havien imaginat que s'haurien de separar. La casa, molt acurada, semblava ser d'una família ben situada. No pareixia que els treballadors passaren moltes penalitats, però deixar allí el fill, sol, en un país estrany... Jaume els va endevinar el pensament, i va mostrar el coratge que sempre l'havia caracteritzat.

–No patiu per mi –es va dirigir a la mare, amb la seua llengua–. Ja tinc quinze anys. M'heu ensenyat tot el que cal i sabré apanyar-me a soles. A més, si em quede ací i vosaltres aneu al grau, ens podrem veure de tant en tant, no? Digues al pare que estiga tranquil.

Zahira es posà a plorar, mentre li traduïa a l'home, en veu baixeta, allò que el fill li havia dit. Els dolia, però reconeixien que Jaume tindria més oportunitats sol que no acompanyat d'un cristià. La mare l'abraçà ben fort i demanà en veu alta la protecció d'Al·là.

–No vos preocupeu –va dir el senyor–. Si és obedient i faener, ací es farà amb un bon ofici.

Jaume es va acomiadar i, mentre aparentava fortalesa, començà a notar que el pit se li desinflava, com si sabera que mai més tornarien a estar els tres junts.

–Com et diuen?

–Jau... eh, Yaqub, senyor.

–Molt bé, Yaqub. Jo sóc Kadzim ibn Abdullah. Benvingut a la Vil·la Nova.

Primera part

EL REGNE DE LA MITJA LLUNA

CAPÍTOL 1

Jamal s'identificà com l'encarregat que dirigia els treballs del camp i de la granja, i el primer que féu va ser mostrar-li les instal·lacions. La casa era una edificació gran i rectangular, amb parets grosses pintades de calç, i tenia poques finestres, altes i menudes. La porta, orientada al migjorn, donava al camí, a la vora del qual s'alçava una palmera altíssima. A la part de darrere hi havia el magatzem per a guardar ferramenta, aparells i materials diversos, i una cambra gran que s'utilitzava com a dormitori dels treballadors. Un poc més apartats, cap a ponent, hi havia l'estable, amb bous d'una banda i cavalls i mules de l'altra; un corral per als corders i les cabres; un xicotet obrador, i una construcció on tenien els conills en recintes delimitats per tanques de fusta. Per tot arreu hi havia gallines. Enfront de la casa, a l'altre costat del camí i d'una séquia ampla que hi discorria paral·lelament, s'alçava la barraca, un tipus d'edifici que Jaume no havia vist mai a Tortosa, de forma rectangular, amb el sostre alt, fet de palla i amb molta rostària. Allí emmagatzemaven el gra i hi havia bancs de treball per a manipular els productes que donaven els camps que rodejaven el complex. En tornar cap a l'estable, es creuaren amb el genet que els havia trobat a la platja. Jamal va fer les presentacions.

–Yaqub, des d'ara estaràs al càrrec d'Umar, que és el capatàs dels treballadors que s'ocupen de la granja. Ell t'ensenyarà les faenes que cal fer.

Jaume assentí i, per indicació de Jamal, va seguir el genet que es dirigia cap a darrere de la casa. A l'entrada de l'estable, va descavalcar.

–Saps desaparellar l'haca?

–No ho he fet mai –va contestar.

El capatàs li va explicar l'ordre en què devia despassar les corretges i on havia de penjar la sella i la manta. Després demanà a Jaume que acaronara el coll de la bèstia, per tal que aquesta l'olorara i es deixara toquejar. L'animal era noble, i fins i tot va permetre que li raspallara la pell amb l'estríjol. Umar va nugar les brides de l'haca a la porta i se'n va anar, després de manar a l'aprenent que traguera la brutícia de l'estable a cabassos, i que l'abocara al femer. La falta de costum féu que acabara baldat. A més, el contacte amb els excrements li va provocar ois i estigué a punt de vomitar en més d'una ocasió. Quan tornà el capatàs, Jaume li preguntà on podia llavar-se.

–Llavar-te? Mou cap a dins a posar les garrofes a les haques i l'herba als bous. Delicat!

Es va engolir la contestació. Li podien reprotxar moltes coses, però no que fóra delicat. Va seguir treballant, amb la repugnància que sentia quan necessitava rascar-se les parts del cos que li picaven amb les mans plenes de merda. En acabar, el sol ja s'amagava per l'horitzó, i va començar el trànsit dels homes que tornaven del camp i anaven i venien amb la ferramenta o els animals. Tots l'ignoraven i Jaume observava sense saber què fer quan la seua mirada trobà la cara d'un vell que, des d'un cantó de la casa, el contemplava. Es va sentir incòmode. Hi havia alguna cosa en aquell rostre que imposava autoritat. Però el sobresalt inicial es va convertir en agraïment, perquè amb un lleuger moviment de cap, el vell va assenyalar cap al camí. Allí, vora el pont que duia a la barraca, hi havia un baixador a la séquia, on dos treballadors estaven rentant-se les mans i la cara. Jaume s'hi va apropar i, per fi, es pogué llevar de damunt la crosta resseca de brutícia. Els dos homes el van saludar, i un d'ells, que no devia passar dels vint anys, va encetar la conversa.

–Ets nou ací, no?

–Sí, he vingut a migdia.

–Bo, jo sóc Salim, i treballe als camps. Tu, ja veig que has passat per la quadra –va dir, mentre es tapava el nas amb els dits.

–Sí, sembla que he d'ocupar-me dels animals.

–Jo ja vaig passar per això. Com et diuen?

–Yaqub, i vinc de Tortosa.

–No sé on és.

–És territori cristià, està cap al nord.

–Afanya't –l'advertí Salim–, ja toca el rés.

Al replà que hi havia al costat de la casa, on s'alçava la figuera immensa a l'ombra de la qual s'havien assegut en arribar, es concentraven els treballadors mirant cap a la barraca. Jaume va seguir Salim mentre el vell començà l'oració.[4] Es va sorprendre, però prompte recordà les sentències que li havia ensenyat la mare. En acabar el rés, van traure una panera amb trossos de pa negre, una cistella plena de raïm i un perol del qual es posaren a servir una escudella de bullit de verdures per a cadascun. Salim, que

4. El magrib és el quart dels cinc resos diaris que prescriu la religió musulmana. Es fa en pondre's el sol.

no dormia a la Vil·la Nova, aprofità l'ocasió per a donar-li consells abans d'anar-se'n.

–Al dormitori vos giteu tots junts. Cadascú té el seu espai. Tu hauràs de quedar-te a l'entrada, que és el pitjor lloc, perquè fa més fred a l'hivern, hi ha menys palla al sòl i et molesten els que ixen a pixar. Si durant la nit has de fer de ventre, vés a l'estable, i aprén bé on està, que si no hi ha lluna, has d'anar a fosques.

–Amb els viatges que he fet hui, no crec que se m'oblide el camí.

–Ah!, una altra cosa: quan pugues buscar un lloc millor per a dormir, no et poses al costat de Qamar si no vols endur-te sorpreses. És aquell que ara parla amb Umar.

–Vols dir que... –va afegir Jaume, insegur d'interpretar correctament el sentit de les paraules d'una llengua que no dominava totalment.

–Vull dir que ets jove i ben plantat, acabes d'arribar i no coneixes ningú. Evita quedar-te a soles amb ell, perquè intentarà aprofitar-se'n.

El nouvingut, amb timidesa, es va posar l'últim a la cua perquè li escudellaren el sopar. Després, es va apartar del bancalet on buscaren seient la majoria dels homes i anà a seure al peu de la palmera que quedava a la vora del camí. Quan acabaven, els treballadors anaven a la séquia a rentar l'escudella. Jaume va fer el mateix. Quedava poca claror, però no hi havia pressa. La nit era més llarga que el dia i sobrava temps per a descansar. Si es gitaven ja, era perquè a fosques no hi havia res a fer. Només s'encenien fogueres per algun motiu especial. Abans de retirar-se, Jamal es va acostar per parlar amb el nou servent.

–Bé, Yaqub, com et va?

–Eh... bé.

–No t'entristisques. La nit és llarga, i de segur que l'enyorança et turmentarà. Tanmateix, has de ser fort. No se t'ocórrega pegar a fugir. No tens on anar. Cal ser pacient. Prompte coneixeràs els teus companys i no et trobaràs tan a soles –augurà l'encarregat.

–Ja conec Salim.

–És un bon xic i jove, com tu. Però no el veuràs massa perquè treballa als camps i va a dormir a sa casa. Malgrat això, no t'has de preocupar –va dir, amb amabilitat–. La Vil·la Nova és un bon lloc per a viure.

–Per què l'anomenen la Vil·la Nova? –preguntà Jaume, encuriosit.

–Sembla que ací mateix hi havia una vil·la des de l'època dels romans. Quan els avantpassats de l'amo Kadzim van vindre, reconstruïren una vil·la nova sobre les restes de l'edificació anterior. Per dins és una casa còmoda i bonica, com les que tenien els benestants de Roma. Però ja deus saber que el teu lloc és fora, no?

–Sí, senyor.

Jamal, el servent i la resta del personal es van rentar i feren l'última oració del dia.[5] Després, l'encarregat mogué cap a la barraca, on dormia, així que Jaume es tornà a sentir sol. No va veure Umar, ni esperava d'ell cap cordialitat. El dormitori era realment l'antiga quadra dels cavalls. Els homes jeien a una banda i deixaven un pas pel costat del vell pessebre, on tenien les escasses pertinences o alguna peça

5. L'ixa és el cinqué rés, que es fa quan ja és totalment de nit.

de roba. Jaume es gità a l'entrada quan ja havien passat quasi tots. Qui jeia al seu costat li va fer un comentari en veu alta que no acabà d'entendre. Algú li va contestar una bestiesa i entre uns quants van encetar una tanda de burles i acudits que Jaume hagué de suportar amb resignació. Va pensar que era normal que combateren l'avorriment molestant un desconegut que ningú no els havia presentat. Amb tot, també es va sentir alguna veu demanant que el deixaren en pau. A poc a poc, els roncs es van imposar a la xala i, aleshores, començà la segona batalla. La manta que havia agafat era insuficient per a combatre el fred. La temperatura de fora era molt baixa, i la poca palla sobre la qual es va tombar no aïllava gens la humitat que pujava del sòl, i això que estava acostumat perquè vora l'Ebre, d'humitat, en tenia de sobra. Les puces i els mosquits tampoc el deixaren en pau. Ja en la primera nit, Jaume arribà a la conclusió que els paràsits de Balansiya picaven més que els tortosins.

Finalment, va ser la batalla contra els records la que s'encarregà de desvetlar-lo. Fins feia tres dies era el fill d'un pescador. No eixia molt a la mar, i quan era temporada, anava a plegar olives o ametles. Res més. Ara era un treballador que hauria de suar de sol a sol per guanyar-se el menjar, i passar la nit en una quadra humida, entre les bromes, els roncs i els pets d'una dotzena de desconeguts. I l'enyorança dels pares... Es va tapar la cara amb les mans intentant parar les llàgrimes. No s'havia trobat mai tan sol i desemparat. L'abatiment i la fatiga el van véncer poc abans que els galls començaren a cantar a l'alba. Umar i l'altre capatàs que duia el comandament de la colla de llauradors no tardaren a cridar el personal. Quan la claror ho va permetre, feren les ablucions matinals, per tal d'iniciar el primer rés[6] al pati lateral de la vil·la. Després, van traure unes coques d'avena i un perol de llet, amb unes poques tasses que havien de compartir.

El segon dia que Jaume passà a la Vil·la Nova va ser bastant dur. La jornada laboral va començar a l'estable. Umar li va explicar quins bous havia de traure per a treballar els camps i com calia preparar-los. Després, va posar rosegons de pa dur a remulla i va afegir restes de fruites passades i uns grapats de segó. Tot barrejat, ho va repartir als menjadors de les gallines. Hagué de tornar a les quadres per aparellar el rossí i preparar un carro per a viatjar. Hi van pujar l'amo Kadzim, dues dones i el vell que havia dirigit el rés la nit anterior. Portava les regnes Salim i mogueren en direcció contrària a la platja. Umar li va contar que tots els divendres els amos passaven el dia a la casa que la família tenia a Balansiya, per anar a escoltar el sermó a la mesquita. En tornar a la faena, Jaume es va dedicar a netejar les conilleres. L'activitat no fou diferent de la del dia anterior. Llevat de les parades per a resar i menjar, no féu una altra cosa que traure fem i posar aliment als animals, a més de desaparellar el rossí quan els amos tornaren de Balansiya. En anar-se'n a dormir, estava desfet, però més animat. Aprenia moltes coses sobre com tractar el bestiar, i també havia intercanviat algunes paraules amb els que es creuaven més sovint amb ell. Es

6. El fajr és la primera oració del dia, entre l'alba i l'eixida del sol.

va gitar convençut que l'esgotament el faria dormir fins a l'alba. Tanmateix, s'equivocava.

–Yaqub!, Yaqub! –cridava algú en veu baixa, mentre li sacsava el braç–. Desperta't.

Quan aconseguí ser conscient d'on estava, Jaume es va horroritzar. Els advertiments que li havia fet Salim li vingueren al cap.

–Què passa? –va preguntar, intentant descobrir qui el reclamava a aquelles hores.

–Alça't immediatament, dormidor, i vine amb mi.

Jaume va reconéixer la veu de l'encarregat. Pegà un bot i isqué de la cambra.

–Et necessiten a la casa –va explicar Jamal–. Para atenció a tot el que et manen. No preguntes res i no vages a cap lloc si no t'ho diuen. M'has entés?

–Sí –respongué.

Va entrar a la vil·la a fosques, darrere de l'encarregat, i passaren de seguida a un espai obert enllumenat per una torxa subjectada a la paret. Es va quedar bocabadat en descobrir unes columnes sobre les quals es recolzaven unes arcades que delimitaven el que semblava ser un pati interior ple de plantes, amb un pou al mig.

–Vine ací –el cridà Jamal–. Pren aquesta safa, l'omplis d'aigua del pou i la dus fins aquella habitació. Avises i t'esperes sense entrar. Quan en traguen una altra, fas el mateix. I estàs atent per si et demanen cap cosa. Ho tens clar?

–Sí, senyor.

–Doncs ja pots començar –ordenà l'encarregat, abans de demanar permís per a entrar a l'habitacle referit.

Jaume deixà la safa al brocal del pou i va poar per omplir-la. Després, la dugué al lloc assenyalat i va romandre darrere de la cortina mentre avisava tímidament de la seua presència. Isqué Jamal per prendre-li el recipient i li'n va donar un altre perquè el buidara i el tornara a omplir d'aigua fresca. A poc a poc, Jaume s'assabentà del que ocorria. Es tractava del fill de Kadzim, a qui intentaven fer-li baixar la febra alta que patia. Just aleshores, l'amo va aparéixer, saludà afectuosament i va entrar a l'habitació. Un poc després, va eixir Jamal.

–Al pròxim viatge no et quedes ací fora. Passes i deixes l'aigua a l'ama.

–Sí, senyor.

–Continuaràs fent-ho així mentre l'amo estiga dins, però quan ell se'n vaja, et tornes a quedar fora si no et manen una altra cosa. I la boca tancada, si no et pregunten res. Entesos?

El primer que va notar en traspassar la cortina fou una olor calenta i nauseabunda que espessia l'aire. A més, s'afegia el fumet de dos ciris que enllumenaven l'estança. En terra, sobre una màrfega, jeia el malalt, recolzat sobre un parell de coixins. El xic estava tot destapat de cintura cap amunt, i la mare li escampava pel front, el coll i el pit els draps remullats en l'aigua freda acabada de poar. Quan havia banyat els draps unes poques vegades, la senyora reclamava una altra safa amb l'aigua fresca, i així successivament. Durant els moments intermitents en què estava a l'habitacle, Jaume escrutà el malalt. Era un xic jove, potser de la seua edat.

Malgrat l'aspecte malaltís, s'apreciava un cos fort i ben format, llevat de les seqüeles de l'accident: el braç esquerre acabava a l'altura del colze, on unes benes sanguinolentes tapaven el monyó. La barreja d'horror i compassió va augmentar en adonar-se que, per davall del llençol que li cobria mig cos, només aguaitava un peu. La cama esquerra també havia sigut amputada, pel genoll. La veu de l'amo va trencar el silenci trist que envoltava el malalt.

–No millora, veritat? –va preguntar a la dona.

–Té foc dins –contestà–, i l'aigua no aconsegueix apagar-lo.

Kadzim va mirar Jaume i li va fer un gest tranquil·litzador.

–Ho fas molt bé, Yaqub.

Va ser aleshores quan va gosar fer un suggeriment, botant-se l'advertiment de Jamal.

–Ma mare, que sap de plantes curatives, li donaria a beure aigua bullida amb... –es quedà tallat en veure la mirada severa de l'amo–. Oh, disculpeu la meua gosadia, senyor!

Amb el cap baix, va prendre la safa i se n'isqué cap al pou.

Passada una llarga estona, el malalt semblava estar més allà que ací. La mare no deixava de banyar-li el cos i de recitar alguna sura.[7]

–Quants anys vas dir que tenies? –va preguntar el pare.

–Quinze, senyor.

–Ihsan en té catorze, i és l'únic fill que tenim –engolí un glop de saliva i va continuar–. De vegades resulta di-

7. Una sura és cadascun del capítols en què es divideix l'Alcorà.

fícil comprendre la voluntat d'Al·là. Hem d'acceptar-la humilment. Ha sigut dur veure com un xic fort i treballador s'ha quedat invàlid, i quan semblava que començava a recuperar-se, ha empitjorat. Yaqub, quin remei volies proposar-nos abans?

Mentre esperava la contestació, l'amo mirava la cara de disconformitat de la dona.

–No tenim res a perdre, Fàtima.

–Ja li hem donat llet amb mel i alfàbrega bullida –va protestar la dona.

–Escoltem-lo, almenys –digué, animant el xic perquè s'explicara.

–Per a combatre la febra, ma mare bull escorça de salze i li afig mel o sucre de canya.

–Bé. Vine amb mi.

Van anar a la barraca a buscar Jamal. L'encarregat, amb una torxa a la mà, va acompanyar Jaume cap al salze que creixia vora la séquia. Amb un ganivet, el xic va rascar un poc d'escorça del tronc i de seguida tornaren a la casa i reanimaren el caliu de la xemeneia de la cuina. Quan va estar preparada la tisana, la va dur a l'habitació. El pare va incorporar el fill i Fàtima li acostà el tassó als llavis perquè en prenguera uns glops. Va ser aleshores quan Ihsan i Jaume van creuar les mirades. Els ulls negres del malalt estaven tristos i apagats. No era massa conscient del que passava, però es va quedar mirant el desconegut amb curiositat, fins que el pare el tornà a gitar entre els coixins.

–Segueix portant aigua, Yaqub.

El remei no tardà massa a fer efecte. A poc a poc, el malalt va compassar la respiració i el foc interior començà a apagar-se. Quan semblà innecessari banyar-li el cos amb aigua, la mare va enviar Jaume a dormir. En eixir a buidar l'última safa, es va endur un ensurt en percebre a la penombra la silueta del vell misteriós. Devia ser de la família, perquè, si fóra un criat, no es trobaria dins la casa sense fer res. No va amollar cap paraula. Féu un lleuger gest amb la cara com a salutació i continuà oferint la seua mirada severa, la mateixa que al llarg del dia que començava seguiria observant-lo en diverses ocasions: quan se li esmunyiren de les mans les brides d'un mul que de poc no se'n isqué solt de l'estable, quan es va esvarar en omplir un poal a la séquia, o quan entropessà amb un abeurador a la conillera. Quasi no havia dormit i les errades que la son li provocava no escaparen als ulls inquisidors del vell. Fins i tot a la nit trobà la seua figura omnipresent al pati, quan el cridaren de nou després de l'última oració.

Aquesta vegada li demanaren directament que preparara la tisana abans de començar a poar l'aigua fresca. Aquella nit Ihsan no tingué tanta febra i s'adormí profundament tan prompte com li féu efecte la beguda. Així i tot, no enviaren Jaume al dormitori. L'amo Kadzim li va dir que la dona necessitava descansar, i que ell havia de quedar-se a soles vetlant el malalt. La son no tardà massa a véncer-lo, per això, quan de matinada Jamal el trobà profundament adormit en terra, el va bonegar de valent. Els crits van despertar Ihsan, que contemplava amb disconformitat el reny al jove ajudant.

Jaume va passar el dia atemorit. Li havien confiat la cura del malalt i s'havia adormit. No havia sigut capaç de fer bé la faena encarregada. Esperava que d'un moment a l'altre el cridaren per a castigar-lo. Fins i tot, Jamal l'havia amenaçat d'assotar-lo. Per això es va esglaiar quan Umar anà a buscar-lo per dir-li que havia de presentar-se a la casa. Els batecs del cor se li acceleraven a mesura que s'acostava a la porta, però no hi va arribar. El va detindre el vell enigmàtic, que estava assegut al banquet de pedra que vorejava la paret de llevant.

–Seu al meu costat, Yaqub –li demanà–. Sóc Abdullah, el iaio d'Ihsan. Vull que m'expliques com es fa aquesta infusió que tan eficaçment li ha fet baixar la febra al meu nét.

Sorprés per la inesperada petició, Jaume li va explicar amb detall tot allò que en sabia.

–Quins altres remeis coneixes?

–Molts, ma mare em feia ajudar-la quan guaria algú per tal que n'aprenguera.

–Per què creus que li puja tant la febra?

–No ho sé –digué amb modèstia–, és possible que tinga una infecció...

–Li has vist les ferides?

–No.

–Aleshores, què et fa pensar en això?

–És... –Jaume va dubtar–. És per l'olor. Ma mare m'ensenyà a distingir per l'olfacte unes quantes malalties. Al principi no me n'adoní per l'aroma de la cera cremada. A ma casa no hem tingut mai cap ciri.

–Ací els fabrique jo –aclarí el iaio Abdullah, tot pagat–. Segueix contant-me.

–Quan m'acostumí a aquella olor, vaig notar la pudor que fa sempre una ferida infectada.

–Et faré una pregunta que, potser, no hauria de ferte, però em sembla que no cauràs en la supèrbia. Tu quin tractament creus que caldria seguir?

–Jo li rentaria bé els monyons i li posaria un ungüent fet amb fulles de pericó i oli d'oliva –va dir Jaume, amb convenciment.

–I què em dius d'una barreja de verdolaga, plantatge, cera d'abella i oli? –preguntà el vell, que estava meravellat de veure l'afecció que el jove mostrava pels remeis curatius.

–No ho sé –va reconéixer Jaume, amb sinceritat–. Ma mare feia una pasta pareguda, però li posava també polpa de carabassa. Pense que ho usava per a rebaixar ferides inflades.

–Per a rebaixar la inflamació? –es quedà pensarós–. Potser tens raó.

Jaume estava desconcertat. El iaio consultava remeis al xic, quan se suposava que el sabut era el vell, qui, en aquells moments, semblava llegir-li els pensaments.

–Mira, Yaqub, mon pare fou alfaquí[8] a Balansiya. Em va donar una educació riquíssima. He estudiat algunes ciències, sobretot matemàtiques i astronomia. Tanmateix, no sóc sabut en l'art de guarir, encara que mon fill Kadzim i la meua nora Fàtima confien que cuide del meu nét seguint les instruccions que va donar el metge. L'edat no m'ha fet perdre la humilitat. Veig en tu el do natural de saber guarir els malalts. No ets un rival, sinó un regal que ens ha enviat el Totpoderós. I no pense desaprofitar-te. Vull que m'ajudes.

8. L'alfaquí és l'expert en la llei islàmica, molt respectat, que és consultat sovint per a resoldre conflictes.

Li van pujar els colors a la cara. Aquell vell que tant de respecte imposava li parlava amb dolçor, fins i tot amb veneració. I ell que es creia que el mamprendrien!

–Sóc el vostre servidor, senyor. I Al·là sap bé que no el defraudaré.

El iaio Abdullah recuperà el to enigmàtic que el caracteritzava i va dir una sentència que Jaume no oblidaria mai.

–Ihsan et necessita, Yaqub. I tu l'ajudaràs cent vegades més del que t'imagines.

Més tard, quan el sol s'apropava a l'horitzó, Jamal va buscar de nou l'aprenent i el conduí a la casa, on l'esperaven el iaio Abdullah i l'amo Kadzim, qui li va dir que no dormiria a la quadra vella, perquè havia decidit que d'ara endavant passaria les nits a l'habitació del fill, per a vigilar que no li pujara la febra i atenent allò que fóra menester. Li havien posat una estora al costat de la màrfega d'Ihsan, a fi de poder descansar quan el malalt no necessitara les seues atencions. Durant el dia hauria de seguir treballant, si no el reclamava el iaio perquè l'ajudara en les tasques curatives. Aclarida la situació, l'amo se'n va anar, i el vell conduí Jaume fins a l'habitació del nét, on dugué a terme el formalisme de les presentacions. Ihsan va mostrar obertament l'alegria que li produïa tindre un servent de la seua edat, una companyia que el distraguera de la tristor i l'avorriment. Jaume, per la seua banda, tampoc va dissimular la satisfacció que sentia. Confiaven en ell i, a més, abandonava les penalitats del dormitori dels treballadors. El bon humor no va desaparéixer, ni tan sols quan Jamal el va cridar.

–Vés al baixador de la séquia, et despulles i et llaves a consciència –va manar l'encarregat, molt exigent amb la higiene per a poder pernoctar dins de la casa–. I vull que et quede clar que, encara que Ihsan tinga la teua edat, li deus total obediència. Kadzim és l'amo, però son fill és l'amo jove. No ho oblides.

–No ho oblidaré, senyor.

CAPÍTOL 2

En una de les botigues de teles més prestigioses de la ciutat de Balansiya, al barri de l'alcasseria,[9] el botiguer, al remat, va acceptar el preu que li oferia la clienta. Després d'una bona estona de regateig, quan semblava que no s'avindrien, per les mostres exagerades de rebuig que feia cadascun per l'oferta de l'altre, finalment hi hagué acord. La dona, satisfeta, mirava i remirava amb molta atenció la peça de seda roja, no fóra que tinguera algun trencall. Per contra, la seua filla Farah es mostrava impacient per acabar la compra d'una vegada. I el venedor, amb la vara a la mà, seguia maleint i augurant la seua ruïna pels pocs diners que guanyava amb vendes com aquella.

En eixir, tornaren a submergir-se en el riu de gent que omplia el carrer: dones que entraven i eixien de les botigues, buscant la mercaderia més profitosa; venedors ambulants que oferien a crits els seus productes; botiguers que buscaven captar l'atenció dels vianants, i tot un exèrcit de miserables que tenien en el barri un dels millors llocs de la ciutat per a demanar almoina. Mare i filla buscaven l'eixida pel carrer dels Sabaters, per tal

9. Al-Qaysariya, barri comercial de la València musulmana, estava ubicat a la zona que actualment s'estén entre la Llotja i la plaça Redona.

de no passar a prop de l'escorxador, que afegia les males olors pròpies a les que ja suraven a l'ambient. I aleshores, Farah el va veure vindre. Passejava aparentment distret, però, en veritat, estava ben atent a l'oportunitat de fer qualsevol treball que li reportara algun benefici. Era Alí, un xic espavilat que, pels estranys camins del destí, havia fet amistat amb ella. Amistat secreta, clar, perquè la bona posició social i econòmica de la xica no permetia cap relació amb aquell pobre, fill d'una família modesta que vivia al raval d'al-Mussal-la.[10] Havia nascut a Peníscola, per això sovint el buscaven els botiguers que comerciaven amb els cristians perquè els fera d'intèrpret. Fins i tot, una vegada l'havia reclamat com a traductor el mateix cadi,[11] ja que hi havia discrepàncies en la interpretació d'un document redactat al poble del jove. Això era el més semblant a un ofici estable que tenia.

En veure-la, el xic li féu un senyal que ella entengué immediatament.

–Mare, em muic de set. Vés anant, que jo m'acoste a la font.

–Ni pensar-ho. S'ha fet tard i no podem perdre temps.

–Tinc la gola resseca i necessite beure ja! –va dramatitzar.

–Jo no em puc esperar!

---

10. Barri extramurs que se situava al costat de l'esplanada del mateix nom, a la zona que hi ha al final de l'actual carrer de la Mar i la Glorieta.

11. Jutge que aplica la xara ('llei'), amb jurisdicció en els àmbits civil, judicial i religiós.

–Ai, mare! –exclamà, mentre fingia tossir–, mou a casa, perquè pense que, de pas, puc anar a saludar la meua amiga Raisa. Vés i no et preocupes tant per mi.

–No tardes, filla –va demanar la mare–, ja saps que no m'agrada que vages a soles.

Farah va tornar arrere i es trobà amb Alí, que l'esperava carrer amunt. S'havien conegut tres anys abans, quan solia eixir a buscar les amigues a la porta de la Llei,[12] entrada situada al costat del raval on vivia ell i, també, molt a prop d'on vivia ella, a la banda de dins de la muralla.

–Hola! –saludà el xic.

–Què fas per ací?

–He vingut a veure les xiques guapes que passen.

–No te'n burles –suplicà Farah, molt sensible a les apreciacions sobre el seu aspecte per culpa de les crostes que se li veien a les mans i a la cara, malgrat el vel, a causa d'una malaltia de la pell–. Va, què portes entre mans?

–Ja t'ho he dit, mirar les xiques guapes que vénen a comprar.

–I algunes d'aquestes compres han anat a parar a la teua bossa, no? –preguntà, irònica.

–No, només he recaptat unes monedes, i les he aconseguides honradament, ajudant les dones a dur la càrrega des del mercat fins a casa.

–No pots estar tota la vida depenent de les faenes soltes que et donen els comerciants o les clientes –li recriminà–. Necessites un treball bo si algun dia vols formar una família.

---

12. Porta d'al-Xaria, eixida situada a l'est de la ciutat, per l'actual carrer de la Mar, al barri de la Xerea.

–Si et casares amb mi, ara mateix em llogava, encara que fóra en alguna cuireteria, que sempre tenen faena.

–Perfecte! Posa't ja a treballar mentre jo prepare mon pare per a quan vingues a demanar-me en matrimoni –va bromejar la presumpta núvia.

–Tu vas molt de pressa. Hauríem de parlar primer del dot, no?

–Val, però caldria que passares pels banys o, si més no, que baixares al riu i et fregares la pell de valent.

Van esclafir a riure. S'avenien d'allò més bé. Semblava una relació estranya, ja que no era habitual que una jove isquera tant de casa com ho feia Farah, i menys que buscara la companyia d'un xic amb qui parlava amb la mateixa confiança i desimboltura que amb les amigues. Alí, per la seua banda, la veia com un model de perfecció, una dona encisadora, l'amor de la qual no aconseguiria mai, però que baixava al seu món per a tractar-lo com a un igual.

–Mira –li va dir Alí, mostrant-li una clau–. Per ara, açò és el que em permet ser aprenent de tant en tant.

–Continues fent tractes amb el manyà del raval?

–Sí, ja ho saps, em vol cobrar per ensenyar-me l'ofici. Si no li duc alguna clau o algun tros de ferro, ni em deixa entrar al taller. El mes passat només hi vaig anar una vegada, i perquè poguí furtar un forrellat trencat a un altre manyà.

Seguiren xarrant mentre iniciaven la tornada a casa. Van creuar el carrer dels Banu Wàdjib,[13] un poc abans de

13. Amb el nom de la família més notable que hi vivia, era el carrer que entrava pel sud de la ciutat, des de la porta de Baytala (Boatella). En l'actualitat, és el carrer de Sant Vicent Màrtir.

l'alcàsser,[14] i continuaren per la banda de dalt de la jueria. En arribar a la porta de la Llei es van acomiadar. Alí creuà la muralla per a perdre's pels carrerons del raval, mentre que ella girà pel carrer de Subiliya,[15] on la família tenia una mansió que, sense ser senyorial, estava molt per damunt dels habitatges comuns.

En arribar a casa, Farah va ajudar a preparar la taula i a posar tous els coixins perquè els homes pogueren gitar-se còmodament a dinar. Hi havia també un amic del pare, que volia tractar un assumpte amb ell, així que les dones es quedaren a la cuina, com es feia quan venia algun visitant masculí que no era de la família. La mare s'encarregà de servir el marit, els fills i l'invitat, encara que la filla hagué d'eixir al menjador, per desig del convidat. Farah va notar com la mirava descaradament de dalt a baix, conducta habitual en els homes, encara que solien ser més discrets en presència del pare. Aquest, sense immutar-se, va permetre que l'amic es menjara Farah amb els ulls. En acabar, les dones començaren a dinar a la cuina. No havien d'eixir al menjador si ells no les cridaven.

Fou a la nit quan Nasir, el pare, va explicar a la filla el contingut de la conversa que havia mantingut amb el visitant.

---

14. Fortalesa que es trobava on ara hi ha el palau arquebisbal.
15. Un altre carrer radial que, des de la porta d'al-Xaria (a l'est), arribava fins al cor de la ciutat, localitzat a l'entorn de l'actual plaça de la Mare de Déu.

–El convidat de hui no parlava en nom seu. Realment és un emissari d'una altra persona, i em duia un missatge molt important –va dir, abans de fer una pausa breu per a augmentar l'expectació–. Ja tens catorze anys i hem de pensar en el futur.

–Ets una xica guapa i llesta –va afegir la mare–, i cal buscar un marit que et convinga i que et faça feliç.

Farah va sentir com se li accelerava el cor. Sabia que aquell moment havia d'arribar, i sí, ja havia arribat. Com totes les xiques de la seua edat, veia en el casament l'objectiu de la seua vida. Les havien educades per formar una família: acontentar l'espòs, donar-li fills i dur la casa. No li proposaven res de nou, però això suposava el final de l'etapa de goig que ara gaudia. A casa, les obligacions que tenia actualment com a dona eren escasses. La mare comptava amb l'ajuda d'una criada en la cuina i en la neteja, i Amina, la tia viuda que vivia amb ells, també se n'ocupava. Tampoc era molt el temps d'aprenentatge que, com a futura mestressa de casa, dedicava a cosir i llavar la roba, a cuinar i fer conserves, a anar al mercat... Per això, seguia eixint sovint, com quan era una xiqueta i passava les hores jugant per carrers i atzucacs. Ara es reunia amb les amigues en alguna casa o passejava amb Alí, l'amic de l'ànima. Sí, tot això s'acabaria de sobte si es casava.

–Qui és el pretendent? –preguntà Farah.

–No el conec –va contestar el pare–. M'han dit que pertany a una família respectable, amb un avantpassat que fou alfaquí. A més, té una carnisseria de les més importants de la ciutat i és propietari de dues cases a prop de la mesquita major.

–Queda't tranquil·la, filla –afegí la mare–. De segur que tindràs un bon casament. Saps que no l'acceptarem si no és un home de bé, respectuós amb la llei de Déu.

–I quants anys té? Com és?

–Ni jove, ni major –afirmà el pare–. Ja t'he dit que no el conec. No em preguntes res fins divendres, que he quedat amb ell a la mesquita per negociar el compromís en presència del iaio. Si hi ha acord, ja en parlarem.

Farah comprengué que no li trauria més informació, així que va demanar permís i es va retirar al dormitori, on trobà la tia Amina amb l'Alcorà a la mà. Quan es va quedar viuda, tornà a la casa on va nàixer i compartia habitació amb la neboda. La cinquena oració del dia, la prolongava amb els resos pel seu difunt marit i llegia sentències del llibre sagrat a la llum d'un ciri. Però en aquesta ocasió, assabentada com estava de les novetats, va acurtar les pregàries per tal d'alliçonar la futura núvia sobre les obligacions de la dona casada vers l'espòs. Tanmateix, Farah no li parava molta atenció. La seua imaginació no feia més que intentar posar-li cara i cos a l'home que la pretenia, sense llevar-se de damunt la inquietud per aquell «ni jove, ni major» que havia amollat el pare, per tal de no dir-li els anys que tenia.

No era rebel·lia. No estava en desacord amb allò que inculcaven a totes les xiques des de menudes. Els matrimonis, els decidien els pares. Sovint, no coneixien el nuvi fins poc abans del dia de l'enllaç. Els diners, les propietats, el dot eren els aspectes importants. L'estima per un home quasi sempre més major devia vindre amb el temps. Això, Farah ho tenia assumit, però no podia evitar el desassossec que sentia en pensar com seria el seu marit futur. Si poguera triar a qui estimar, preferia un jove esvelt, amb una mirada viva i tendra, unes mans suaus i un poc insegures, necessitades d'aprendre, juntament amb l'estimada, l'art d'acaronar una pell enamorada. Però els desitjos quasi mai s'acompleixen. La realitat era que es casaria amb un home adinerat i major. Per què Alí no era més que un pelacanyes a mercé de la faena que li donaven els comerciants? No podia el seu amic haver sigut el fill d'un carnisser ric, amb possibilitats sobrades d'obtindre el consentiment dels seus pares per a casar-se?

Quan la viuda s'adonà que la neboda estava distreta, es va enutjar un poc. Aleshores, Farah va veure que, potser, podia traure'n profit.

–No t'enfades, tia –li va suplicar, mentre l'abraçava–. Sí que t'atenc, el que passa és que no em lleve del cap qui pot ser l'home que es vol casar amb mi.

–Deixa de preocupar-te, que ja t'ho diran quan siga el moment.

–A tu et digueren de seguida qui seria el teu marit?

–No abans que mon pare haguera negociat el compromís, encara que ma mare em va fer insinuacions que em permeteren esbrinar qui era.

–Si tu saberes alguna cosa, me la contaries, veritat? –va preguntar Farah, tota afectuosa.

–Jo no sé res!

La rapidesa amb què va respondre la tia féu pensar tot el contrari a la neboda, qui la va convéncer sense massa esforç perquè li revelara la identitat del pretendent.

–Li diuen Sulayman i té l'establiment al mateix carrer dels Carnissers.

L'endemà no hi hagué quasi temps per a iniciar les indagacions, perquè la mare havia decidit fer dolços. Calia pelar i triturar les ametles, traure les llavors a les panses, fer xarop amb figues seques i mel, raspar canella, barrejar les farines de distints cereals mòlts i pastar-les, tot mentre posaven al forn una llanda rere l'altra. Només després de la segona oració,[16] aprofitant que el dinar es retardava un poc per l'activitat rebostera del matí, Farah pogué eixir un moment al carrer. Primer va aguaitar al pla d'al-Mussal-la des de la porta de la muralla, en un intent estèril de veure Alí entre les parades del xicotet mercat que s'hi muntava tots els dimarts. Després, va anar carrer amunt fins als voltants de l'alcàsser, però tampoc el va trobar allí. Tornà a casa resignada. Volia parlar amb l'amic perquè necessitava la seua col·laboració, però hauria d'esperar.

L'endemà al matí, Farah es va oferir per anar a comprar espècies. Va eixir prompte de casa, perquè sabia que a mesura que avançara el dia seria més difícil localitzar Alí. Va travessar la ciutat buscant la porta de l'Alcasseria, per tal d'eixir a l'esplanada on estava el mercat principal, el soc. No tardà massa a trobar el seu amic oferint-se a carregar mercaderies a canvi d'una moneda. El va informar de les novetats i li va exposar el seu pla.

–I per què no entres tu directament? –va preguntar Alí.

–Perquè em pot reconéixer! Et sembla oportú que dos dies després d'haver enviat l'emissari a parlar amb mon pare em veja a la seua carnisseria com si res?

16. El zuhr és el segon rés del dia, cap al migdia.

El xic va acceptar. No és que li costara cap esforç, però no li agradava involucrar-se en una activitat relacionada amb el casament que l'allunyaria de la seua amiga. Així que, amb resignació, es dirigí amb ella cap al barri comercial, a la carnisseria de Sulayman. Quan hi arribaren, comprovaren que era un establiment distingit perquè la clientela que hi havia era més selecta de la que es veia en altres tendes.

–No és molt major –va dir Alí–, pot tindre uns trenta anys i té una cara normal, ni lletja ni bonica.

–I què més? –preguntà Farah, impacient, vora el llindar de la porta.

–Sembla simpàtic, perquè no fa més que somriure mentre parla amb les dones.

–Què més?

–Ai! Què vols que et diga? Té un aspecte normal. Ni gros, ni prim... Jo què sé!

–Puc mirar?

–Espera... Ara! –digué Alí–, ara que no alça els ulls de la peça de carn que està tallant.

Farah va aguaitar amb precaució. Per res del món volia ser reconeguda. El carnisser era més o menys com l'havia descrit l'amic. Un home corrent, que no cridava l'atenció per ser lleig o major, però tampoc despertava cap interés especial.

–Pensa que podria ser un vell repulsiu i luxuriós –l'advertí l'amic, en veure la falta d'il·lusió que es veia reflectida a la seua cara.

–També pense que podria ser jove i atractiu com tu! –va retrucar, mentre li feia l'ullet.

–Saps que no tinc res per a oferir-te, però si et casares amb mi empraria totes les hores del dia a fer-te feliç. Bo, i també les nits.

Els dos van riure. La veritat és que s'agradaven, però tenien tan clara la impossibilitat de ser parella que no anaven més enllà de les insinuacions i de les bromes.

Divendres al migdia, tots s'acostaren a la mesquita major,[17] en compte d'anar a la de Subiliya, que tenien prop de casa. En acabar l'oració i escoltar el discurs del cadí, les dones se'n tornaren, però el pare de la futura núvia i el iaio, com a patriarca de la família, es van quedar a negociar el compromís matrimonial amb Sulayman. Encara que no hi hagué discrepàncies en els aspectes econòmics, va sorgir un impediment per a tancar l'acord.

–Diu que ets bonica i que sembles una princesa, però no es casarà amb tu si no et cures el mal que tens a la pell –explicava després el pare–. Li he dit que es tracta d'una malaltia que pateixes des de fa un temps i que és inofensiva, però no ha cedit. Sa germana vindrà a veure com estàs, i tornarà cada lluna plena a comprovar si hi ha millora.

–I com se n'ha assabentat, si no em coneix?

–Ell et deu haver vist en més d'una ocasió sense que te n'adonares, i sa germana de segur que t'ha observat de prop abans que ens feren la proposta.

–I què passarà si no millore? –va preguntar Farah, que fingia preocupació quan, en realitat, sentia alleujament.

---

17. Situada al cor de la ciutat, just on després s'edificaria la Seu.

–Està disposat a esperar un any com a màxim. Si quan acabe el termini no t'has curat, no hi haurà compromís.

Dos dies després, Farah, la mare i la tia van eixir de casa per recórrer les escasses passes que distaven fins als banys d'Abd al-Malik.[18] El torn de les dones era de vesprada, horari més adient que de matí, quan les obligacions domèstiques no deixaven massa estones lliures. Però des del tercer rés[19] fins que queia el sol hi havia temps de sobra per a l'esbarjo. La majoria de les clientes pertanyien a la classe acomodada, i anar als banys era, més que res, una reunió social on es podia xarrar amb les amigues i veïnes relaxadament, rebre massatges i, fins i tot, berenar. No obstant això, l'únic que pretenia la mare de Farah era que sa filla estiguera ben neta i perfumada per a presentar-se a la visita del metge.

Primer van entrar a una sala per deixar la roba de carrer, agarrar el sabó i les tovalles i calçar-se els socs de fusta per protegir-se els peus de l'escalfor. Després, passaren a una altra sala, on la temperatura pujava molt perquè les assistentes vessaven aigua sobre el sòl calent, cosa que produïa un vapor que feia suar copiosament. En una altra sala, més temperada, es feien les fregues amb distints sabons i

---

18. Els banys estaven situats entre la muralla de la ciutat i el mur intern que tancava la jueria, molt a prop o, possiblement, al mateix lloc on hui subsisteixen els banys de l'Almirall, al carrer del mateix nom. Aquests, originaris del segle XIV, encara funcionaven fins a la primeria del segle XX.

19. L'asr és la tercera oració del dia, al voltant de les tres.

les rentaven amb draps banyats que deixaven el cos fresc i a punt de rebre ungüents i fragàncies exòtiques. Amb tot, a Farah li posaren una crema protectora i un perfum especial que no li irritaria més la pell.

Quan l'endemà anaren a casa del metge, la malalta tenia sentiments contradictoris. D'una banda, celebrava que la mare es decidira a tractar més seriosament la malaltia. De l'altra, rebutjava un remei que, si fóra eficaç, eliminaria l'únic obstacle per al matrimoni amb Sulayman. Amb tal conflicte al cap, entraren a la jueria i es dirigiren cap a la sinagoga, al costat de la qual vivia Levi ben Ishmael. Era un metge molt prestigiós que ja coneixien d'altres ocasions. Amb la mare i la tia Amina atentes a mostrar només les parts del cos de la xica estrictament necessàries per a l'exploració, el jueu completà l'anàlisi de la malaltia amb unes proves, com arrancar-li unes crostes per submergir-les en un líquid estrany, o aplicar-li una pomada en una de les zones afectades de la mà esquerra, per veure la reacció.

En acabar el reconeixement, va indicar que, per tractar l'afecció de la pell que patia, calia posar a bullir aigua amb un grapat de llavors de lli i tres unces de civada sense pelar. Amb aquell preparat s'havia de rentar les nafres tots els dies i deixar-les a l'aire, sense tapar. Ara bé, no hi havia res com l'aigua de la mar. Passejar per la platja banyant-se contínuament les mans, els peus i la cara era el remei més efectiu. Si podia anar-hi, encara que fóra mig matí de tard en tard, la millora estava assegurada.

Quan el pare s'assabentà del tractament, anuncià que faria que li dugueren un cànter d'aigua de la mar totes les setmanes. I encara que ja s'acostava l'hivern, era menester passejar per la platja, com ho havia recomanat el metge, així que va decidir que la filla hauria de passar uns dies a casa de l'oncle Kadzim, a la Vil·la Nova.

CAPÍTOL 3

Feia uns quants dies que Jaume s'havia convertit en el cuidador nocturn d'Ihsan, i la millora del malalt era evident, tant en el cos com en l'ànim. En eixir el sol, li netejava les ferides, li aplicava l'ungüent i li posava benes netes. Abans d'anar-se'n a treballar, deixava una safa d'aigua fresca, un drap i una tovalla perquè la mare l'ajudara a llavar-se un poc. Com que la infecció remetia, la febra va amainar i, en trobar-se millor, Ihsan esperava cada nit la vinguda de l'assistent per xarrar i allunyar la soledat que l'ofegava durant tot el dia. Malgrat el cansament, Jaume gaudia d'allò més d'unes converses que no podia mantindre amb cap dels habitants de la vil·la. A més, hi havia una altra cosa: totes les nits, el iaio Abdullah deixava un ciri encés a l'habitació, un article de luxe que permetia allargar una jornada que per a tots acabava amb la foscor de la nit. Ho sentien com una transgressió, cosa que feia créixer la complicitat entre els dos per moments.

Tanmateix, com més confiança tenia el cuidador, més risc corria de desvelar els seus costums cristians. Sovint se li oblidaven les oracions, i un matí, després de fer la cura habitual, i a partir de les queixes del malalt, Jaume el va girar i, sense pensar-ho, li pujà el camisó per examinar-li la pell del cul i de l'esquena. Ihsan li pegà una manotada, es girà boca amunt i es quedà mirant-lo escandalitzat. El cristià no entenia la reacció de vergonya. Ell mateix, a Tortosa, sovint es banyava nu a l'Ebre, amb els amics, però ara, malgrat exercir com a infermer, potser calia haver avisat el xic que el despullava per confirmar allò que sospitava: Ihsan tenia la part posterior del cos plena de nafres. Feia massa temps que estava gitat.

–Com que vols parlar amb l'amo? –cridava Umar, incrèdul davant la gosadia d'un aprenent que entrava a casa amb massa freqüència–. Que desvergonyit! Qui t'has cregut tu que ets?

–L'amo m'ha manat cuidar de son fill i jo havia pensat que... –començà a ablanir-se Jaume, conscient que no estava en situació d'exigir res, i menys a un Umar irritat.

–Ningú t'ha demanat que penses. Si tens alguna cosa a dir, m'ho dius a mi. Entesos?

El capatàs es mantingué ferm. Sabia que l'estatus del nouvingut havia millorat molt en pocs dies per la relació amb el fill de l'amo i per la protecció del iaio Abdullah, però ell no pensava consentir-li res. L'últim a arribar havia d'afonar-se en la merda, com els havia passat a tots. Així que Jaume no tingué més opció que dir-li a Umar allò que volia, però aquest, en escoltar la petició, va maleir fins que es va cansar i es negà totalment a transmetre-la. Sort que Salim, el jove que conegué el primer dia, va sentir la discussió. A l'hora de dinar va demanar a Jaume que li explicara el que pretenia, i després, amb astúcia, féu que Jamal se n'assabentara. Amb la mediació de l'encarregat, el servent pogué mantindre la conversa que desitjava.

–Vull que em doneu permís per a deixar el meu treball una estona cada dia i, així, poder ajudar Ihsan perquè isca de l'habitació i li pegue l'aire i el sol.

–Creus que tindrà prou forces? –va preguntar l'amo Kadzim–. S'ha debilitat molt i quasi no menja.

–Es troba millor perquè els remeis curatius fan efecte, però això no és suficient. Ha de recuperar l'ànim i descobrir que, encara que s'ha quedat privat, pot valdre's molt més del que es pensa. I això no ocorrerà mentre continue tancat a l'habitació. A més, està ple de nafres. Cal que s'alce, que es llave, que passege...

Kadzim estava sorprés, no sols pels coneixements sobre la salut que Jaume semblava tindre, sinó també per com de descarat era per voler plantejar-li directament les propostes. Qualsevol altre no hauria gosat ni tan sols acostar-se-li.

–Atén-me, Yaqub. Sé que tot el que demanes és pel bé d'Ihsan, i t'agraïsc la dedicació. Però em sembles massa imprudent. Només ets un jove de quinze anys i em parles com si fores un metge al qual jo haguera fet vindre de Balansiya. A pesar de tot, em fiaré de tu. Et concedisc el que em demanes, però vés amb compte. Fes una errada o qualsevol cosa que puga perjudicar mon fill i desitjaràs no haver vingut mai a la Vil·la Nova.

–Senyor, li assegure que no li fallaré.

–Més et val –sentencià l'amo–. Des d'ara, Abdullah et donarà consell i vigilarà tot allò que faces. Estima el seu nét més que a cap altra persona d'aquest món.

El iaio assentí amb parsimònia. Tot eixia com tenia previst. La severitat amb què havia parlat son fill Kadzim no amagava l'admiració que sentia per un jove amb tanta iniciativa i ganes d'ajudar Ihsan. Ningú no sabia que havia sigut el mateix iaio qui li havia suggerit a Jaume que demanara parlar personalment amb l'amo. I se n'havia eixit molt bé.

–Jamal, ja ho has sentit. Des d'ara Yaqub no anirà a treballar fins a mitjan matí. Dis-li-ho a Umar.

–Senyor –digué l'encarregat–, caldrà que algú s'ocupe de la faena que fins ara feia Yaqub en començar la jornada. Se n'haurà de fer càrrec un home de la colla dels llauradors. Ara no hi ha massa treball al camp.

–Potser el jove Salim –proposà el iaio–. Abans s'encarregava dels animals quan Ihsan encara no se n'ocupava.

–Bé –acceptà Kadzim–. Jamal, disposa el que siga necessari.

Abdullah, el vell que els primers dies semblava enigmàtic i omnipresent als ulls de Jaume, s'havia convertit en un aliat inapreciable. Realment era l'artífex de la consideració que el xic tenia a la casa. Des del primer moment va veure en ell les qualitats necessàries per a tirar Ihsan endavant. I procurava que els altres també ho veren així. Kadzim i Jamal ja se n'adonaven. La seua nora Fàtima tardaria un poc, només el temps que emprara el iaio a tornar a intervindre. El capatàs Umar eren figues d'un altre paner. Era molt bo per a la faena, però pobre d'aquell que se li entravessara. I Jaume se li entravessava a poc a poc. El fet que l'últim a arribar a la Vil·la Nova gaudira ja d'alguns privilegis no li resultava fàcil d'acceptar. Fóra enveja, fóra sentiment d'injustícia, les emocions del capatàs cap al nouvingut no portarien res de bo.

–Yaqub –el va reclamar el iaio–, has de saber bé quines són les responsabilitats que assumeixes. Espere molt de tu i no vull que em defraudes. Ja ho has sentit abans: estime Ihsan més que als meus fills, i després de l'accident desgraciat que ha tingut, no pense anar-me'n d'aquest món sense fer tot el possible perquè no se senta un inútil. Ja ho hem parlat. Ara té privacions insalvables, però ha de veure que encara és capaç de fer moltes coses i, a la llarga, que pot ser tan feliç en aquesta vida com qualsevol altre. I tu ets la persona que més ha d'ajudar-lo perquè li despertaràs l'amor propi més fàcilment que ningú de nosaltres. Jo et diré com has d'actuar.

–Faré el que siga necessari –confirmà Jaume.

–Doncs hem de començar per recuperar els hàbits de la higiene i del menjar. La meua nora Fàtima, cega pel dolor de veure així el fill, està malcriant-lo massa.

De nit, Ihsan va rebre l'assistent amb gran alegria, sense adonar-se de la branca i el fardell que havia deixat en un racó. El iaio li havia dit que passaria unes hores més cuidant-lo, però l'advertí que, encara que era un servent, havia de seguir les seues recomanacions com si li les fera ell mateix. Va acceptar sense cap queixa. No comprengué l'abast de l'advertiment fins l'endemà, després de la primera oració.

–Yaqub, per favor, acosta'm la gerreta, que vull orinar.

–D'acord –digué Jaume mentre s'alçava.

Però no li va dur el recipient, sinó la branca que havia portat a la nit. Era llarga i tenia un cap dividit en dues puntes. Davant la mirada atònita del pacient, va embolicar amb un drap l'extrem en forma de forca. Després, va fer que Ihsan s'incorporara un poc per passar-li els braços al voltant del cos.

–Doblega la cama i tira cap amunt –li va manar.

–Què dius? Cauré!

–Fes-me cas. Si caus, et tornaré a alçar.

Jaume estirà fort i Ihsan, fermant bé la cama al terra, es posà dret.

–M'estic marejant.

–Tranquil, que no t'amollaré fins que et passe.

–No m'amolles –suplicà atemorit.

Va esperar un poc, abans de col·locar-li la improvisada crossa sota l'aixella. Lentament, deixà d'agarrar-li el cos, i només el subjectà del monyó del braç esquerre.

–Veus com pots mantindre't dret?

–No m'amolles –repetia el malalt.

De nou calgué deixar passar un poc de temps fins que Ihsan pogué mantindre l'equilibri ell a soles. Quan a la cara se li va dibuixar un somriure de satisfacció, Jaume aprofità per a seguir l'estratègia.

–Ara caminaràs fins a la paret. Avança primer la crossa i després, recolzant-te en mi, fas un pas.

Amb molta inseguretat, però sense queixar-se, va recórrer la distància de menys de tres vares[20] d'amplària que tenia l'habitació.

–Ara ja pots pixar.

–Què? No deus voler que orine davant de tu? –protestà enèrgicament.

---

20. Unitat de longitud equivalent a noranta centímetres.

–Molt bé, veig que ja vols que t'amolle –va dir Jaume, mentre fingia voler separar-se–. O vols que et pose bolquers, com a un monyicot?

Ihsan va prémer els llavis com a mostra de desacord, però no digué res. Aleshores, l'assistent, sense deixar de subjectar-lo, va alçar la gerreta amb una mà i la mantingué davant, a l'altura adequada.

–Va, no miraré –va dir, sorneguer.

En acabar, el cuidador li demanà al pacient que es quedara recolzat a la paret mentre buidava la gerra de l'orina. Quan tornà, duia un caixó sobre el qual va posar una safa amb aigua fresca del pou.

–Pren aquest drap. Ara t'escamarres com pugues i et rentes les parts –va demanar Jaume, mentre Ihsan tornava a escandalitzar-se–. Fa molts dies que no et llaves i puts.

–I tu, què? –va retrucar–. De què creus que fas olor?

–Jo sóc un pobre. Ja em rentaré a la platja quan vinga l'estiu –li va contestar–. Però tu ets un senyoret i, a més, estàs malalt.

–I per què no puc fer-ho gitat?

–Perquè no és el mateix. Deixa de posar excuses. No deus voler que et llave jo?

–No!

–Potser prefereixes que ho faça ta mare?

–T'assegure, Yaqub, que Al·là et castigarà pel que em fas patir. No vull que tornes més!

Però no era veritat. Quan arribà Fàtima, que tenia instruccions del iaio de no entrar-hi abans que acabara Jaume, son fill presumia entusiasmat de les coses que havia aconseguit fer. El mateix va ócórrer quan el visità Kadzim i

Abdullah. Tots van percebre que el malalt era un altre des que rebia les atencions del jove cuidador.

Només tres dies després, Ihsan manifestava avanços notables. Dinava i sopava al menjador amb la família, assegut al terra sobre coixins, com era costum entre els musulmans. Això sí, li acostaven la tauleta baixa perquè poguera prendre-ho tot amb el braç dret. Ja no lluïa la camisa de dormir, perquè Jaume l'ajudava a vestir la roba habitual, després d'obligar-lo a llavar-se cada matí. Passava llargues estones assegut al pati de la casa, on el iaio l'acompanyava amb la lectura de l'Alcorà o d'algun altre llibre. No obstant això, l'entrebanc més dur que calia superar seguien sent els inconvenients que tenia el malalt per a despullar-se quan el cuidador havia de curar-li les nafres que omplien la part posterior del cos. Ihsan es posava la camisa de dormir al revés sota el llençol, i deixava la botonadura per darrere, per no quedar-se totalment nu. Aleshores, Jaume el feia alçar-se i li aplicava un ungüent gelatinós que elaborava bullint llavor de codony i celidònia amb aigua. Després, tapava les ferides de l'esquena amb fulles de parra i les embenava, cosa que no podia fer amb les nafres del cul. Jaume l'obligava a deixar a l'aire la zona curada durant una bona estona.

–Ja em puc vestir? –s'impacientava el malalt.

–No.

–És humiliant que em tingues ací despullat. El Totpoderós castigarà la teua crueltat!

–Si segueixes queixant-te, faré vindre Qamar. Pel que he sentit dir, de segur que et curarà el cul amb més ganes que jo.

Ihsan callava. No sabia què replicar quan Jaume es posava irònic, burlant-se dels intents de preservar una intimitat que l'assistent es botava sovint. Amb tot, estava content perquè la millora era inqüestionable. I això ho va comprovar Kadzim quan arribà del camp i va veure com son fill eixia del magatzem de la ferramenta cap al banc amb una agilitat impensable dies abans. Era la primera vegada que el veia fora de la casa des de l'accident. Hagué de fer un esforç per contindre l'emoció.

–Has vist, pare? Mira quina crossa nova m'ha fet Salim.

–L'altra era d'olivera, que és massa flexible –va explicar el treballador–. Aquesta és una branca de faig; l'he tallada a la mida exacta i Yaqub ha folrat la forquilla amb cuiro.

–Avances molt ràpidament, fill. Estic orgullós de tu.

–Ara vull aprendre a dur la crossa a l'aixella esquerra per tindre la mà dreta lliure –va explicar, mentre es canviava de costat la branca–. Si Salim em fa unes corretges...

Intentà fer una demostració, però la branca se li va esvarar, i el xic, en veure's caure, doblegà la cama bona i aconseguí quedar-se assegut a terra. El pare va voler ajudar-lo, però el iaio Abdullah, que estava al seu costat, el va detindre.

–Podràs alçar-te a soles? –va preguntar Jaume.

–Crec que sí.

–Fes-ho com t'he ensenyat.

Recolzant-se amb el braç i la cama, Ihsan va recular per acostar-se a la paret, just a la distància necessària per a falcar-hi la crossa. Aleshores, féu un gran esforç i va seure sobre el taló, per tal d'estendre la cama a poc a poc fins a recuperar la verticalitat. L'ample somriure no deixà dubtes: l'invàlid pensava lluitar amb ganes per superar les dificultats.

–Yaqub, creus que podrà muntar a cavall? –preguntà el iaio.

–No ho sé, supose que sí. Jo no hi he muntat mai.

–Això caldrà arreglar-ho.

Una estona després, Kadzim, la seua dona i el iaio comentaven l'esdeveniment anterior.

–El que més m'ha impressionat no és el fet que s'haja alçat tot sol, sinó la confiança que demostra en si mateix. Fa quatre dies ni gosava eixir del llit! –exclamava el pare.

–Ha sigut una benedicció d'Al·là que Yaqub desembarcara en aquesta platja –afirmà Fàtima–. Des que se n'ocupa, el xiquet ha canviat molt.

–Precisament d'això volia parlar-vos –digué el iaio.

Abdullah tenia una habilitat especial per a plantejar propostes a son fill en el millor moment. Primer va remarcar l'esperit superador que Jaume inculcava en Ihsan, imprescindible perquè el malalt assolira el màxim grau possible de normalitat. Després, va indicar que el mateix assistent necessitava més instrucció. Només tenia quinze anys, i si havia de seguir convivint amb el seu nét, no vindria mal refinar-lo un poc. Per tot això, era menester fer més canvis.

–Dius d'eximir-lo del treball permanentment? –preguntà Kadzim.

–Sí. Tu mateix t'admiraves fa un moment dels avanços d'Ihsan des que l'atén Yaqub. I només està amb ell mig matí, a més de la nit. Imagina't si li dedicara tot el dia!

–Però té altres faenes a fer. Ja he hagut de traure del camp Salim...

–I has fet molt bé –va afirmar Abdullah–, perquè Salim ja ha treballat a les quadres i sap el que ha de fer. No el tornes a la colla dels llauradors. Ens fa falta ací. Qui, si no, ha d'ensenyar Yaqub a muntar? A més, també és un bon corretger, i de segur que haurà de refer moltes crosses fins que Ihsan camine com si tinguera dues cames.

–El iaio té raó –digué Fàtima–. El nostre fill ja no serà mai allò que podria haver sigut, però amb Yaqub al seu costat, estic convençuda que traurà el màxim partit a les seues condicions, sobretot perquè s'avenen molt bé i s'estan fent molt amics.

–Això és el que em para –va objectar el pare–, que acaba d'arribar i quasi sembla que és un més de la família.

–Deixa-li ben clar que ell és un criat i ton fill és l'amo, jove, però amo –suggerí el iaio–. Jo m'encarregaré que, per molt que enfortisca l'amistat amb Ihsan, no oblide quin és el seu lloc.

–Si ho veieu tan clar...

–És la millor opció –insistí el iaio–. A més, recordeu que Ihsan volia fer-se càrrec de la conillera i dels ruscos quan complira quinze anys. Havia pensat oferir-li-ho com a regal si era capaç de solucionar un trencaclosques que li preparí. L'accident ho truncà tot, però ara veig que, amb l'ajuda de Yaqub, podria aconseguir-ho, i vull plantejar-li-ho com un enigma que ha de resoldre, a fi que mantinga viva la il·lusió mentre se li curen les ferides i recupera les forces, fins que arribe el seu aniversari.

–No seré jo qui discutisca la teua decisió, pare. Quan Al·là repartí la saviesa, va ser molt generós amb tu.

Qui no es mostrà tan conforme fou Umar, així que Jamal l'hagué de recriminar. Eren ordres de l'amo Kadzim que no calia discutir. A més, no hi havia cap motiu. Canviava un treballador novell per un altre de més experimentat. Podia redistribuir el treball dels homes al seu gust, sense oblidar que Salim hauria de reforçar la faena de Jaume.

L'endemà onejava una bandera blanca al terrat de la casa perquè era el Mulud, festa que commemorava el naixement del profeta Mahoma.[21] Hi hagué desdejuni especial a base de sèmola i llet. Després, el iaio va reunir el nét i el nou servent i va començar a explicar-los el joc que feia temps que preparava.

–Falten sis llunes per al teu quinzé aniversari –digué, dirigint-se a Ihsan–. En aquella data, vull que t'ocupes d'algunes de les poques obligacions que em queden en aquesta casa. Has d'assumir el teu paper de futur amo. I no poses excuses! –va començar a provocar-lo–. El fet que et falte mig braç i mitja cama no et deu haver afectat la intel·ligència, no?

–I tant que no! –exclamà el nét.

–No obstant això, caldrà comprovar-ho. Com que et faràs càrrec dels ruscos, hauràs de controlar la producció de mel i de cera, i també caldrà que planifiques la cria dels

21. Mahoma, fundador de l'islam. Aquesta celebració és el 12 de rabi al-awwal. En la novel·la correspon al 2 de novembre de 1237.

conills. Per tot això, et plantejaré un problema, una mena d'enigma que hauràs de resoldre per demostrar-me que estàs preparat per a rellevar-me.

–De què es tracta?

–Probablement m'has sentit comentar que de jove viatgí molt, i vaig viure un any al Magrib, a la ciutat de Bugia.[22] Allí em vaig fer amic del fill d'un comerciant italià. Li deien Lleonard i havia nascut a Pisa. Era un enamorat del càlcul i s'interessava molt pel nostre sistema de numeració, que és distint del que gasten els cristians, heretat dels romans. Hui és un gran matemàtic que escriu llibres. I fa poc em va fer arribar un escrit en què planteja el trencaclosques que ara t'explicaré. Atén-me bé. Un home té una parella de conills a la conillera. Has de tindre en compte que la naturalesa els permet criar una parella cada trenta dies, i que els nascuts poden parir a partir del segon mes. Si estiguera igualat el nombre de mascles i de femelles, quantes parelles hi hauria al cap d'un any?

–Ja està? –preguntà Ihsan, mentre manifestava gran confiança en si mateix.

–Sí. I per començar, em donaria per satisfet si en dos dies arribes a encertar les parelles que hi hauria en només mig any. Com que ara tens un criat personal, permetré que t'ajude.

–No caldrà.

–Deus haver sentit més d'una vegada que la joventut no es caracteritza precisament per la prudència. No has d'oblidar-ho.

---

22. La ciutat de Bugia es diu actualment Béjaïa o Bijaya, i es troba al nord d'Algèria.

–Entesos –digué el nét, que fingia resignació–. Yaqub, recordes les taules de multiplicar?

–Això què és? –va preguntar un desconcertat Jaume, que no sabia llegir, ni escriure.

–Quin ajudant m'ha tocat!

–No el menysprees –l'advertí el iaio Abdullah–. Estic tan segur que tindràs dificultats per a resoldre-ho que he ideat una forma d'ajudar-te. Ja saps que me'n vaig a passar l'hivern a Balansiya, però tornaré a la lluna plena de cada mes i et donaré una pista. I per a desxifrar-la sí que necessitaràs la col·laboració del teu servent.

–De veritat creus que tardaré tant a esbrinar el resultat? –preguntà Ihsan, incrèdul.

–Per què no et poses a calcular-ho ja? –el va recriminar–. Va, sabut, seràs capaç de dir-me quantes parelles hi haurà a la conillera quan haja passat tan sols mig any?

–D'ací a una estona et donaré la solució.

–No vages amb pressa –l'advertí el iaio–. Tens dos dies per a demostrar-me que no caldrà que et done pistes.

–Me'n sobra un i mig.

Segona part

ESPERANT LA LLUNA PLENA

CAPÍTOL 4

Davant la prepotència que va mostrar el nét quan li plantejaren l'enigma, Abdullah li havia donat un termini de dos dies perquè esbrinara, almenys, les parelles de conills que hi hauria al sisé mes. Tanmateix, Ihsan i Jaume van passar el matí del primer dia intentant donar-li la solució, sense que el iaio accedira. Finalment, quan acabaren de dinar, Abdullah els va rebre.

–Prepara't, perquè ja hem resolt tot l'enigma. Hem calculat que al cap de l'any hi haurà huitanta-una parelles. Què, no t'ho esperaves, eh?

–Al contrari, m'esperava exactament això: que et precipitares i errares la resposta.

–Vols dir que ens hem equivocat?

–Parla per tu, que ets qui t'has equivocat –precisà el iaio–, perquè no crec que Yaqub haja pogut fer molts càlculs, no?

–Jo no sé...

–No t'amoïnes, que et donaré lliçons per la primavera, quan torne a la Vil·la Nova –va indicar–. Ara el que m'agradaria és que el cregut del meu nét m'explicara el raonament que ha fet.

–Molt senzill. El primer mes tenim una parella de conills que tindrà descendència al segon mes, o siga, que ja n'hi haurà dues. I al tercer mes, els fills encara no, però els pares tindran una altra parella. Això en dóna tres. Vaig bé? –preguntà Ihsan.

–Fins ara, sí. Segueix, per favor.

–D'acord. Si una parella s'ha triplicat en tres mesos, hem de fer aquest càlcul per al següent trimestre. Si ja teníem tres parelles, multipliquem per tres i ens en dóna nou al cap de mig any. Les nou, les multipliquem una altra vegada per tres i dóna vint-i-set al cap de nou mesos. I tornem a triplicar aquest resultat i obtenim el total dels dotze mesos: huitanta-una parelles.

Ihsan es quedà mirant fixament la cara del iaio, convençut que aquest reconeixeria que el càlcul estava ben fet. Jaume, d'altra banda, assumia expectant la pròpia limitació. Sabia comptar rudimentàriament, però aquelles quantitats resultaven massa elevades per a la seua poca destresa.

–Veig que has sabut trobar un mètode per a esbrinar la resposta, però no és vàlid, perquè el nombre tres amb què multipliques les parelles també ha d'augmentar. Les quantitats creixen tant que et faràs un embolic. Podries provar a fer marques en terra, comptant la progressió de mes en mes. No obstant això, em done per satisfet si encertes el nombre de parelles que hi haurà al cap de sis mesos. Per a passar al seté, de segur que supliques que et done una pista.

L'endemà van continuar amb els comptes. Es van dirigir cap al pla que hi havia a la banda de baix de la casa. Allí l'amo jove començà a calcular en veu alta el nombre de parelles mentre que l'assistent feia marques en terra amb una branqueta.

El sistema funcionava en principi, però a partir del cinqué mes s'equivocaven en confondre quines ratlles simbolitzaven parelles que podien tindre descendència i quines eren de parelles massa joves. Aconseguiren deduir que al quart mes hi hauria cinc parelles, que al cinqué mes n'hi hauria huit, i estaven concentrats amb el sisé mes quan va arribar una visita inesperada. Va ser Jaume qui primer va veure com, darrere d'un criat carregat amb dos fardells, aparegué una dona major, visiblement cansada, que es recolzava en el braç d'una jove, els ulls de la qual, negres i vius, el miraren efímerament abans de fixar-se horroritzats en el jove mutilat.

–Ihsan! –exclamà la xica.

–Farah! Tia Amina! Què feu ací?

Era la primera vegada que veien el xic després de l'accident, i no pogueren evitar que els brollaren les llàgrimes. La tia no feia més que abraçar-lo clamant al cel per la desgràcia del nebot. Els crits van captar l'atenció de Jamal, qui, en veure-les, entrà corrent a casa per avisar l'ama Fàtima.

–Farah, et presente el meu servent Yaqub. M'ajuda en tot allò que no puc fer a soles.

Van intercanviar una lleugera inclinació de cap mentre s'observaven amb curiositat. A ella li cridà l'atenció la timidesa que mostrava un xic que, per la corpulència, devia ser un parell d'anys més major. A ell l'impressionaren el somriure i els ulls d'una cara molt atractiva, malgrat les plaques rogenques que tacaven el front i les galtes.

–Has patit molt?

–Sí, però ara ja em trobe bé. Yaqub també s'ocupa de guarir-me les ferides. Sap molt de remeis medicinals. Potser podria tractar-te la malaltia de la pell.

Jaume es va enrogir de sobte. Va mirar ací i allà fins a descobrir que, per sort, Kadzim i Fàtima eixien a rebre els familiars i a convidar-los a passar. Com que ell només entrava a la casa si el reclamaven o a la nit, quan havia d'atendre Ihsan, es va quedar fora, alleugerit per la incomoditat que li havia provocat la trobada amb la jove.

De vesprada, la tia Amina i Farah isqueren cap a la platja, seguides del criat carregat amb un llibrell menut, uns draps i una estora d'espart. En veure-les, Jaume va trobar l'ocasió de seguir amb la recuperació del seu amo.

–Ihsan, alça't, que has de fer exercici. Anem a passejar fins a la mar.

–Està massa lluny –va protestar– i a l'hivern fa massa fred per a anar a la platja.

–La teua cosina ja va cap allà. Vols que pense que t'has quedat inútil?

–Bé... –es va resignar–, però tornarem prompte per a continuar fent els nostres comptes.

Amb l'habilitat que guanyava dia a dia, Ihsan va aconseguir arrenglerar-se amb les dones abans d'arribar a l'arena. Allà, la crossa se li estacava, per això, Jaume l'agarrà al braç i el dugué fins a la vora, mentre mirava de reüll si Farah s'adonava de com estava de fort. Però ella s'ocupava de descalçar-se i córrer cap a la vora de l'aigua, mentre el criat de la tia Amina estenia l'estora perquè es pogueren asseure.

–No pares de rentar-te la cara i les mans –va dir la tia.

–Està freda.

–És igual. Estigues una estoneta, que això et farà més bé que totes les pomades que t'ha indicat el metge.

Mentre Ihsan es recuperava de l'esforç realitzat, va explicar a la cosina l'enigma que li havia plantejat el iaio. Jaume es posà a replegar closques de tellines i de cloïsses, i després va agarrar un tros de canya i va dibuixar unes ratlles paral·leles en l'arena mullada i, fent memòria, aconseguí escriure les xifres de l'u al sis com li havia ensenyat el seu amo la vespra. A poc a poc, reconstruïren amb les closques la representació de les parelles de conills. Quan començaren a fer els càlculs del sisé mes, la xica estava tan interessada que se n'isqué de l'aigua, malgrat les queixes de la tia. Aquesta manà al criat que omplira el llibrell i el posara a l'abast de la malalta, per tal que es mullara constantment les mans i la cara. Totalment atrapats en els comptes, els passà el temps volant, per això els va sorprendre l'anunci de tornar cap a casa quan iniciaven el càlcul de les parelles que hi hauria al huité mes.

–Encara és prompte, tia –es va queixar Farah.

–Prompte? El sol ja ha baixat i no calfa, i amb el llevant que bufa m'he quedat com un poll.

En arribar, van buscar el iaio per comunicar-li els avanços i Abdullah els confirmà que havien encertat fins al sisé mes, en què hi hauria tretze parelles, però havien errat la resta. Intentaren revisar el càlcul fent ratlletes en terra, però Farah va dir que no valia la pena calfar-se tant el cap, si el iaio estava disposat a donar-los una pista.

–Total –va concloure–, el premi és per al teu aniversari, no? Quina pressa tens? Falten més de cinc mesos.

L'endemà, el dia de la lluna plena del mes de rabí al-àwwal,[23] Abdullah els va donar la primera pista. Escrit amb una lletra acurada, un missatge misteriós esperava ser desxifrat: «Compta la terrissa plena d'or que duran dos carros cap a dues cases de dos germans».

Durant una bona estona intentaren esbrinar el significat del text sense èxit. Després, com que Farah havia d'anar a mullar-se la pell amb l'aigua de la mar, Ihsan va decidir que també hi aniria. El que no podien previndre era que Umar va manar a Jaume que, en arribar a la mar, ajudara un altre treballador a carregar un carro d'arena. Havien tret dels camps muntons de palla de les mates de xufes i calia refer els pallers. Així que, mentre els cosins intentaven trobar-li sentit a la pista, el jove criat hagué de conformar-se a mirar-los de lluny, no tant al seu amo assegut a l'estora com a la xica que, amb els peus en l'aigua, no parava quieta. Va ser aleshores quan Jaume començà a percebre la gràcia que tenien els seus moviments, els gestos expressius de la cara, l'alegria que acompanyava la seua veu. La vesprada anterior no se n'havia adonat perquè la vergonya el féu mantindre's distant, però ara, la monotonia d'omplir cabassos li permetia observar-la des d'un segon pla, on la timidesa no el tallava. Amb tot, a ella no li passaren desapercebudes aquestes mirades. Sense proposar-s'ho, els ulls se li n'anaven sovint cap al xic, sobretot quan aquest entrà en calor per l'esforç i es llevà la jupa. Malgrat la distància, va veure un cos ben format que no havia intuït la vespra. Aquella impressió va

---

23. Aquesta data es correspon amb el 4 de novembre de l'any 1237.

ser confirmada en poc de temps, quan acabaren de carregar el carro i Jaume es va apropar al grup. Ella es fixà en els cabells negres i caragolats, en els ulls grans, en les barres marcades, en el borrissol de la cara suada, en el pit robust que la camisola ampla i descordada deixava entreveure...

–Farah! –cridà la tia Amina–. Què fas bocabadada? Torna a l'aigua de seguida!

–Vols beure, Yaqub? –va preguntar la xica.

–Sí, gràcies.

Mentre el criat treia la bóta, Jaume tampoc podia apartar la mirada d'ella, del seu somriure generós, d'uns ulls que hipnotitzaven i, sobretot, del coll, aquella part tan suggeridora que les musulmanes tapaven amb el vel, peça que Farah no duia aleshores perquè havia de prendre el sol i banyar-se amb aigua. Amb la part de dalt desbotonada, la camisa resultava tan escotada que el xic no pogué evitar que la seua imaginació recomponguera allò que s'insinuava.

–Ei!, no mires tant la meua cosina, que el seu promés és un carnisser que deu tindre els ganivets més esmolats de tot Balansiya –va dir Ihsan, sorneguer.

–Que graciós! –exclamà ella, molesta.

–Heu esbrinat alguna cosa del missatge? –preguntà Jaume que, mort de vergonya, no volia que l'amo jove seguira amb els comentaris.

–No, però crec que la clau és el nombre dos: dos carros, dues cases, dos germans...

–I què deu voler dir?

–No ho sé.

Van seguir parlant del tema entre els tres, després que la tia obligara Farah a cordar-se la camisa. Passada una estona, uns crits anunciaren que el carro ja havia arribat buit per a ser carregat de nou. El jove criat hagué de tornar a la faena, això sí, sense poder traure's de la ment la imatge d'un coll encisador.

Van passar dos dies sense que pogueren trobar un cap del qual estirar. La pista seguia sent incomprensible. Com que era divendres, la família mogué cap a Balansiya, per tal de sentir l'oració a la mesquita. Però, a més, el iaio ja no tornaria a la Vil·la Nova. Des de feia dos o tres anys, passava els hiverns a la ciutat, a casa de Nasir, l'altre fill, on també tornaven la tia Amina i Farah. Abans de partir, Abdullah va aconsellar als xics que tingueren paciència, que l'enigma no era fàcil de resoldre, i que la solució se'ls presentaria qualsevol dia.

–Però si no sabem què és la terrissa plena d'or... –es queixà Ihsan.

–Penseu que potser no es refereix al metall preciós –va indicar el iaio–. Quan considerem que una cosa és molt valuosa, també l'anomenem or.

–No cregues que el que ens dius és molt aclaridor.

–De segur que sí. Potser vos servirà d'ajuda observar si Jamal fa cap cosa inhabitual. Però no li ho pregunteu, perquè ell no en sap res.

Aquell suggeriment va ser tot el que li pogueren traure. Tanmateix, va ser Farah qui, a punt de pujar al carro, va fer una interpretació molt intel·ligent.

–No heu pensat que la terrissa es gasta principalment per a posar-hi líquids? –preguntà ella–. Doncs si l'or és líquid, no pot ser altra cosa que l'oli d'oliva!

Durant els dies següents, Jaume no es treia del cap el record de Farah, i no desitjava una altra cosa que tornar a veure-la, alegre i provocadora, banyant-se la cara vora mar. Mai no havia sentit aquella sensació per cap xica, i ara s'adelitava reconstruint la imatge que l'havia captivat. Ihsan va advertir que hi havia moments en què el seu servent semblava absent. Aquest li deia que era ell qui sempre tenia el cap en un altre lloc. I era veritat. L'amo jove només pensava a desxifrar l'enigma. En un principi, Ihsan no va valorar massa l'aportació de la cosina que, al remat, seria la bona. Continuava pegant-li voltes a la idea del nombre dos, que li semblava més d'acord amb l'afició matemàtica del iaio, fins que un matí els va cridar l'atenció el fet que Jamal manara preparar dos carros. Ràpidament, buscaren Salim per obtindre informació. El trobaren aparellant les mules.

–Per a què són els carros? –van preguntar.

–Hem d'anar a l'almàssera. Fa dies que van dur les olives de l'oliverar de Lyria,[24] i ens han enviat avís que ja podem passar a replegar l'oli.

–L'or líquid que digué Farah! –exclamà Jaume–. Salim, on posen l'oli per transportar-lo a casa?

–En unes gerres, com s'ha fet sempre.

–La terrissa! –va dir Ihsan–. I carreguen dos carros perquè l'un ve ací i l'altre du l'oli a casa l'oncle Nasir. Veritat que no m'equivoque?

–No... però què passa?

–Salim, estem a punt de resoldre un gran problema. T'acompanyem a buscar l'oli!

---

24. Actual ciutat de Llíria.

L'almàssera es trobava a l'altra banda del riu i havien de remuntar el curs de les aigües fins al gual. Pujaren els tres xics en un carro, mentre un treballador duia l'altre. Jamal, que també hi anava, muntava una haca, per tal d'alleugerir el pes quan tornaren carregats. Per a Jaume era la primera eixida de la Vil·la Nova, llevat dels viatges a la platja. Van prendre el camí de la mar en direcció inversa, cap a l'alqueria d'al-Borai'ya.[25] Els camps conreats semblaven catifes rectangulars i colorades, solcades amb línies perfectament paral·leles que de vegades trencava alguna barraca emblanquinada. Seguiren cap a ponent fins a arribar a un camí més ample i empedrat.

–Aquest camí, el van fer els romans –comentà Salim–, i l'anomenaven la Via Augusta.

–La Via Augusta? –se sorprengué Jaume–. Per Tortosa també passa.

–Doncs ja saps per on has d'anar si vols tornar a casa.

–Ja no em queda res allí –va murmurar, sense poder evitar la tristor en recordar el passat al costat dels pares, als quals feia setmanes que no veia.

De seguida van arribar al gual per a creuar el riu. A Jaume li cridà l'atenció que, a la dreta, es veia un cabdal modest, però a l'esquerra, el caixer no tenia ni rastre d'humitat.

–No du aigua fins a arribar al gual!

–Per això li diuen el riu Sec –va explicar Salim–. En realitat, és un barranc que baixa de les muntanyes d'al-

25. Alboraia. En aquella època, una alqueria era un grup de cases.

Uqab[26] i només du corrent quan plou, però des d'ací està ple d'ullals i, fins i tot, forma una marjal quan s'acosta a la mar.

A dos tirs de pedra del gual, van prendre un caminet que duia directament a l'almàssera.[27] Quan arribaren, mentre Jamal saludava l'almasserer, els tres joves van veure com les olives, en ser esclafades per les moles, es convertien en una pasta que s'abocava a una pica gran. D'allà, la treien amb poals i la posaven dins dels esportins, uns cabassos plans que eren apilats i premsats, per tal que l'oli s'escorreguera cap a una altra pica. No tardà Jamal a tornar amb l'almasserer, qui els va conduir a un celler annex on guardaven els recipients plens.

–La terrissa plena d'or! –afirmà Jaume, que va dirigir un somriure de complicitat a Ihsan.

–Heu de carregar aquests atifells –ordenà l'encarregat, que els assenyalava les gerres marcades amb una palmera, dibuix que identificava que eren propietat de la Vil·la Nova.

–Quantes n'hi ha? –preguntà Ihsan.

–Vint-i-una.

–Tu sabies que n'hi hauria aquesta quantitat?

–Clar. Abdullah fa el càlcul a partir del cabassos d'olives que duem, descomptant la part d'oli que es deixa com a pagament del treball.

26. El barranc del Carraixet, que naix a les muntanyes d'Olocau. En entrar al terme d'Alboraia es converteix en riu pels ullals que li aporten cabal permanent.

27. Lloc originari de l'actual població d'Almàssera, al nord d'Alboraia.

–Beneït siga el iaio per ser tan llest, i beneït el nombre vint-i-u, que sembla el més bonic de tots –exclamà el nét.

–Tu segueix beneint si vols –va dir Jamal, estranyat de sentir aquella ximpleria–, però vosaltres dos heu d'ocupar-vos de la càrrega. Tretze gerres ens les enduem nosaltres a la Vil·la Nova, i les altres huit van a l'altre carro, cap a Balansiya.

Van tornar a casa satisfets per haver trobat la resposta a la primera pista. Ja tenien una peça més del trencaclosques: al seté mes hi hauria vint-i-una parelles de conills a la conillera.

CAPÍTOL 5

Com tots els dies, Jaume li va llavar les cicatrius dels monyons amb una tisana freda que preparava bullint flors de camamilla. Després d'eixugar-lo, li va untar la cuixa amb cera d'abella i l'embenà acuradament.

–Ja pots provar.

–No em farà mal? –preguntà Ihsan.

–De segur que no. I si te'n fa, sempre podem millorar-la.

Salim va començar a col·locar-li la crossa especial que li havia fet per prolongar-li la cama mutilada. A l'extrem d'un bastó gros retallat, havia subjectat una cistelleta feta a mida amb tiges de jonc i de vímet per allotjar-hi el monyó, i a unes branquetes que sobreeixien havia cosit unes corretges per cenyir-li la cuixa.

–Va, camina –li va demanar Jaume.

Ihsan es mostrà satisfet en veure les poques molèsties que sentia en recolzar la cama, de manera que començà a fer passes amb precaució. La invenció funcionava, però semblava que s'esmunyia amb el moviment, a diferència de la crossa que li havia fet per al braç amputat, que ja utilitzava amb seguretat.

–Caldrà fer uns tirants agarrats a una corretja que et passe per la cintura –suggerí Salim–. La cuixa se t'ha quedat fofa.

–Podies nugar-te-la al pardal, que no el tens fofo –bromejà Jaume.

Van riure els tres, però Ihsan no pogué evitar que li pujaren els colors a la cara. Una estricta educació i el fet d'haver-se criat entre persones majors, sense cap relació amb xiquets de la mateixa edat, feia que li resultara incòmoda qualsevol al·lusió al sexe, encara que fóra de broma. Amb tot, les converses amb el seu servent guanyaven en confiança cada dia. Jaume era un adolescent com ell, encara que bastant més espavilat per l'any més que tenia i per les correries i les peripècies que havia viscut a Tortosa. S'havia convertit en un amic amb qui compartia inquietuds, encara que no podia estalviar certa prevenció pel constant descuit que mostrava en el compliment de les oracions, sobretot des que el iaio se n'havia anat a Balansiya. Ihsan no entenia que no s'afligira quan oblidava les obligacions amb el Totpoderós, tot i que ell no manifestava cap pressa a reprendre els viatges de cada divendres a la mesquita, amb els pares.

El dia dotze del mes de rabí al-àkhir,[28] Abdullah va tornar a la Vil·la Nova i es va presentar amb la seua néta i la tia Amina, que volien aprofitar el viatge per a poder anar a la platja, malgrat que totes les setmanes li duien un cànter d'aigua de la mar a casa. La visita va desbocar l'alegria en els joves: Ihsan, perquè podia aconseguir una altra pista de l'enigma; Jaume, perquè podia veure Farah de nou. Durant

28. Correspon al 2 de desembre de 1237.

el dinar, el iaio va rebre les explicacions del nét sobre les deduccions que havien fet i la solució que havien obtingut a l'almàssera. Després de confirmar que la resposta era correcta, Abdullah va anunciar que l'endemà, en acabar la faena que volia fer, li lliuraria la pista següent que permetria esbrinar quantes parelles de conills hi hauria al huité mes.

De vesprada, van estar a punt de no anar a la platja perquè l'oratge va empitjorar i un cel ennuvolat feia més desagradable el vent fred de gregal que bambolejava els canyars. La tia volia ajornar el passeig, però l'ama Fàtima la va convéncer perquè deixara anar els joves. Van rebutjar la companyia del criat i mogueren cap a la mar. Ja a l'arena, van estendre les estores d'espart. Ells van seure, mentre que Farah es mullava peus, mans i cara, queixant-se de la gelor de l'aigua. En passar una estona, Ihsan es va gitar, i en aquella postura no pogué percebre com les mirades contínues de Jaume cap a la xica eren rebudes amb una satisfacció gens dissimulada per part d'ella. No va tardar a eixir de l'aigua, i argumentant que volia arrecerar-se, es va allargar entre el seu cosí i el servent, qui també es va estirar. Parlaren sobre coses diverses, entre altres, el compromís matrimonial de Farah. Aquesta els contava que la vespra la germana del pretendent havia anat a comprovar l'estat de la seua pell. El fet de no apreciar millora havia precipitat el viatge amb el iaio. Mentre xarraven, ella s'incorporava de tant en tant per mullar-se la cara amb l'aigua del llibrellet.

–Yaqub, mira com se m'han quedat les mans –es va queixar, mentre li posava els palmells a les galtes.

–Les tens com el gel –va dir ell, torbat pel gest de confiança.

En tornar a gitar-se, el braç estés va tocar la cama del xic, i ell, en notar el contacte, li va agafar la mà, lentament i dolça. Ella el va mirar i li va somriure, i Jaume, amb el cor tronant-li en el pit, es va sentir plenament feliç. Amb això ja es conformava. No importava que ella tinguera el matrimoni aparaulat.

Tanmateix, Farah sí que ho pensava. No podia evitar els escrúpols que li provocava la seua fe. Els pares li havien buscat marit, i encara que no fóra del seu gust, havia d'acatar la decisió. Però l'emoció del moment fou tan forta i agradable que es va deixar endur. Va pensar que no era tan greu gaudir d'uns instants tan plaents. A poc a poc, va començar a bellugar suaument la mà, donant a entendre que acceptava secretament les carícies, mentre fingia parar tota l'atenció a la conversa amb el cosí, sense mirar ni una sola vegada a Jaume.

Quan l'endemà isqueren al pla de la figuera, trobaren el iaio capficat en els seus càlculs, amb uns papers en una mà i a l'altra una vara, amb la qual feia marques en terra.

–Què fa? –preguntà Jaume, en veu baixa.

–Construeix un rellotge de sol –contestà Ihsan.

–Creia que es feien a les parets. A Tortosa hi havia un mas que en tenia un al cara-sol.

–Aquest és més complicat. Veus els senyals blancs que hi ha clavats en terra formant un arc? Són telles de marbre. N'hi ha dotze, que corresponen a les dotze hores de llum.

–Com se sap l'hora?

–Veus aquelles telles negres que queden al mig? Tu et poses dret sobre una i la tella blanca que queda a l'ombra del teu cos indica l'hora.

–I per què n'hi ha tantes de negres?

–Com que a l'hivern el sol està més baix, no et pots posar al mateix lloc que a l'estiu –va seguir explicant Ihsan–. El que fa el iaio és mesurar l'ombra i traure comptes per saber on t'has de col·locar segons l'època de l'any, però això ja no ho entenc, perquè diu que els nostres mesos es mesuren per la lluna, i no valen per als rellotges de sol.

Van continuar observant fins que el iaio donà per acabada la sessió astronòmica. Aleshores, per fi, es va disposar a lliurar-los la segona pista. També estava escrita en un paper, amb una cal·ligrafia preciosa: «L'any en què es va trencar la pedra que vola, allà on l'or es fa pols». El missatge, evidentment, va plantejar molts interrogants.

–Supose que, aquesta vegada, l'or tampoc deu ser el metall, no? –preguntà Ihsan.

–O potser sí, i la solució està en una argenteria –suggerí la néta.

–I la pedra que vola, a què es refereix?

–Jo, a Tortosa, feia volar pedres amb una fona –indicà Jaume.

–I això què hi té a veure? –va dir Farah–. No pot ser una pedra qualsevol, n'ha de ser una d'especial, de la qual se sap que es va trencar i en quin any.

Van arribar a la conclusió que tampoc es tractava realment d'or, sinó d'alguna cosa valuosa que es podria trobar allà on volaven pedres. Abdullah assistia callat a les deduccions dels joves, i només els va dir que al cap d'uns dies, si estaven atents a les disposicions de Jamal, podrien esbrinar la resposta. També els va recordar que era inútil preguntar-li a l'encarregat, que ignorava els significats de les endevinalles.

L'endemà era divendres i, després del primer rés que va dirigir Abdullah, van preparar el carro perquè la família acudira a Balansiya per sentir l'oració setmanal a la mesquita. El iaio, la néta i la tia Amina aprofitaren el viatge per a tornar a casa. Tanmateix, Jaume no aconseguia oblidar l'emoció sorgida l'última vesprada a la platja, encara que Farah se n'havia anat sense donar-li cap mostra més d'afecte. Ni tan sols un somriure de complicitat. Però ell es recreava amb aquell record. Sabia que el destí no li guardava molt més.

I així passaren els dies fins que un matí a l'alba el va cridar Umar perquè anara a la barraca. Salim necessitava ajuda per a traure el forment d'una gran gerra on l'emmagatzemaven per protegir-lo dels rosegadors. El treballador omplia la barcella[29] i l'abocava a la bossa que Jaume aguantava.

–Para bé el sac, que si cau un sol gra fora, Umar ens bonegarà –el va advertir Salim–. Aprecia el forment més que la carn.

–Per què l'ensaquem?

–Per dur-lo al molí.

Mentre omplien els sacs, va cavil·lar sobre el que havia sentit, i en acabar, va córrer cap al dormitori del seu amo jove.

29. Antic recipient per a mesurar àrids.

–Ihsan!, Ihsan! Ja ho tenim!

–Què? –va preguntar, mig adormit.

–Van a dur el forment a moldre. No creus que els grans daurats poden ser l'or que es fa pols?

–Clar! És més valuós que la civada o el mill –va exclamar, espavilant-se de sobte.

–Aleshores, el molí és el lloc on podem trobar la pedra que vola.

Després de les ablucions i de resar precipitadament mentre Jaume l'ajudava a vestir-se, Ihsan féu saber a Jamal que també anirien a dur el gra a moldre. Quan Salim aparegué amb el carro carregat a la porta de la casa, van pujar amb un entusiasme que començava a ser habitual. Van seguir el camí de la mar cap amunt, que discorria més o menys recte en direcció a ponent, sempre paral·lel a la séquia. En arribar a l'alqueria d'al-Borai'ya, séquia i camí tombaven cap a l'esquerra, i a un tir de pedra hi havia el molí. Era una construcció gran que s'estenia per damunt del cau d'aigua, just on es trobava el rodet que, amb les pales mogudes pel corrent, feia girar l'eix de les moles. Quan van descarregar els sacs de forment, els joves començaren a tafanejar el local per buscar alguna cosa que els aclarira la resposta que desitjaven, però Jamal els va dir que se n'isqueren, que el moliner gastava mal geni i era millor deixar-lo a soles. Tenien tot el matí d'espera fins que estiguera el gra mòlt. A desgrat, els xics van obeir.

Molt a prop del molí s'alçava la torre, una edificació quadrada i emblanquinada de calç. No era massa alta, però prou per a acomplir la seua funció. Així ho van comprovar els joves. En veure que no tenia porta, ja que no era una torre defensiva, sinó de vigilància, van agarrar Ihsan per les aixelles i l'hi pujaren. Des de dalt, el panorama era impressionant. Jaume es va sorprendre en veure l'extens tapís que els envoltava, molt més gran del que havia imaginat. Tires d'arbres i canyars marcaven el curs de les séquies que regaven tota l'horta. Ràpidament, van localitzar la Vil·la Nova, que retallava imponent la franja blava de la mar. Salim els ajudà a trobar altres indrets. Cap a tramuntana, la marjal que vorejava la platja. Al fons, una serralada llarga tancava el pas. I abans, enmig dels camps, es distingien les torres de Montcada i de Museros, i altres que s'estenien cap a ponent. Al sud, molt a prop, destacava la ciutat de Balansiya. Podia apreciar-se la muralla amb claredat, i les palmeres que trencaven l'horitzó cap a llevant, entre barraques escampades fins al grau, on moria el cordó d'arbres que vorejaven el riu.

Quan es cansaren, van baixar i pegaren voltes per l'alqueria. Van veure com treballava un ferrer que ferrava haques i muls. En un espai obert hi havia el soc, quasi buit. Trobaren un frener que feia guarnicions per als cavalls, i un cordeller, que trenava una corda amb molta habilitat. Cap al migdia s'aproparen a l'oratori, més que res per localitzar l'alquibla marcada a la paret, la direcció a la Meca on havien de dirigir les oracions. En acabar, tornaren al molí. Com que ja molien el gra de l'últim sac, van abordar el moliner.

–Escolte, ací té pedres?

–Que si tinc pedres? –digué l'home–. Només en tinc dues, però vos les regale si podeu carregar-les.

Jamal i Salim van riure davant la cara que se'ls quedà als xics, que no entenien la resposta.

–Veniu, que vos les ensenye –va demanar el moliner, fent-los passar a l'interior–. Com creieu que fem la farina? Picant el gra amb un martell?

Els joves van somriure, a l'espera d'una explicació més aclaridora.

–Mireu, aquesta mola de davall és la solera, i està fixa. La mola de damunt és la volandera, i és la que, en girar, fa la mòlta.

–La volandera! –exclamà Ihsan–. La pedra que vola!

–Animalot! Com pot volar una pedra? Es diu volandera perquè pega voltes.

–I no s'ha trencat mai?

–Per girar, mai, però fa un any, quan la vam traure per repicar-la, ens va caure i es va badar. Pesen molt aquestes moles. Haguí de buscar-ne una altra, que és aquesta que veieu.

–Ja ho tenim –explicà Ihsan mentre eixien–. La pedra es trencà l'any passat, el 634.[30] Sis-centes trenta-quatre parelles de conills en són moltes. El nombre que busquem, doncs, és el 34.

Com que faltaven molts dies per a la següent lluna plena, Ihsan va decidir reprendre els comptes amb senyals o petxines, com ho havien fet a la platja, però l'oratge estava rebolicat. Així, van anar a la barraca i van traure dues gerres

30. L'any 634 està a cavall entre 1236 i 1237.

on guardaven llavors de carabassa i de meló d'Alger. La idea era comptar amb les d'un color les parelles de conills d'un mes de vida, que encara no podien criar, i amb les d'un altre color, les que sí que ho podien fer. Quan les tenien escampades, es va posar a ploure. Ihsan es va retirar a la casa i va deixar Jaume replegant les llavors. En això, va arribar Umar, amb el mal geni que començava a ser habitual.

–Què fas, insensat?

–No res, ara ho replegue –es justificà.

–A tu qui et mana agarrar les gerres i escampar les llavors? –va cridar el capatàs.

–Me les ha demanades Ihsan, les gastàvem per a fer uns comptes...

–Aquestes llavors s'han triat una a una per fer el planter de l'any que ve, desgraciat –li va dir, mentre li premia el braç amb força i se l'acostava a un pam de la cara–. Deixa d'excusar-te amb el fill de l'amo. És un mocós com tu i encara no té cap autoritat sobre res. Ací mane jo, i et prohibisc que toques res més de la barraca sense el meu permís, diga el que diga el malcriat d'Ihsan. Si et torne a veure saforejant les gerres, et tallaré una mà amb la destral i t'acusaré de robatori davant de l'amo. Ho has entés?

Abans d'amollar-li el braç, Umar li va escopir a la cara i va dibuixar un somriure de menyspreu, aguantant-li la mirada per acovardir-lo. Jaume abaixà els ulls i esperà impotent que el capatàs se n'anara. Aleshores, anà a la séquia i es va rentar la cara. I allí, agenollat al baixador, va plorar amargament. Se sentia humiliat. Ell no havia actuat malament, havia fet allò que li demanava Ihsan, però el capatàs li mostrava un odi que el deixava entre l'espasa i la paret.

Tenia totes les de perdre si Umar anava i l'enfilava. Trist i abatut, i a pesar de la bona relació que mantenia amb el fill de l'amo, Jaume va decidir que aquella mateixa nit fugiria de la Vil·la Nova. Aniria al grau i buscaria els pares.

A l'estable, Salim va percebre la preocupació que reflectia la cara de Jaume.

–Yaqub, hi ha algun problema amb Ihsan?

–No.

–Escolta, ja ets major, però només tens quinze anys. No penses que ets menys home per desfogar-te i plorar si estàs trist. No tens família que et reconforte, però pots confiar en mi. T'han fet o t'han dit alguna cosa que t'haja ofés?

–Sí.

–Ha sigut Umar?

Jaume no pogué aguantar més i va esclatar en plors. Li contà tot el que havia passat i l'angoixa que sentia per no saber què fer quan Ihsan li demanara reprendre els comptes amb les llavors de la barraca. Afortunadament, els anys d'experiència de l'amic donaven el seu profit.

–Li dius que no vols enutjar Umar. Podeu traure els comptes amb petxines una altra vegada. La mar està molt a prop. A Ihsan li agrada molt anar a la platja. Si li ho proposes, no s'hi negarà.

Aquella nit la conversa va durar molt poc. A Ihsan, el va véncer el cansament i s'adormí com un tronc. Tanmateix, Jaume seguia despert, pegant-li voltes al conflicte que el turmentava. Havia decidit escapar-se per por d'un nou enfrontament amb Umar, però no volia deixar a soles el seu amo jove, per qui havia pres estima. Els consells de Salim l'havien asserenat, i el desig de tornar a veure Farah el tirava cap arrere, però ara, en la soledat de la nit, el pensament d'un nou encontre amb el capatàs li accelerava el pols i li produïa un gran desassossec.

Cansat de pegar voltes damunt de l'estora, s'alçà i va eixir al pati. El cel ras permetia que la lluna enllumenara la nit. Ara o mai, va pensar. Però anar-se'n en la foscor, sense acomiadar-se d'Ihsan, i fugint com si fóra un lladre... Va guaitar al dormitori. La claror que entrava de fora feia visible el seu amo, que jeia alié a les cavil·lacions del criat. Es va imaginar el disgust que s'enduria en veure's abandonat. I com de decebut se sentiria el iaio! Potser es precipitava. Podia aguantar un poc més, a veure si Umar el tractava millor. De fugir, sempre estava a temps.

CAPÍTOL 6

A la lluna plena del mes de jumada al-ula,[31] Abdullah no va vindre a la Vil·la Nova perquè un refredat l'havia tingut al llit i no estava restablit del tot, cosa que va decebre els joves: Ihsan perquè no pogué rebre una nova pista, i Jaume perquè esperava que Farah acompanyara el iaio i es va quedar amb les ganes. De nit, al dormitori, els xics comentaren el desengany, encara que el servent ocultava quin era el vertader motiu de la seua decepció. Va considerar que no era prudent contar-li a l'amo jove que, des d'aquell dia a la platja en què Farah es va deixar acariciar la mà, no hi havia nit que no imaginara què podia passar quan ella tornara per mullar-se la pell amb l'aigua de la mar. Els va costar adormir-se, ja que es gitaven en fer-se fosc i no tenien tanta son per a omplir una llarga nit d'hivern. Així i tot, van haver de matinejar sense tindre-ho previst.

–Yaqub! Yaqub! Desperta't! Els gossos no paren de lladrar.

–I què vols que faça jo?

–Anem a eixir fora, a veure què hi ha –digué Ihsan.

–Fora? Amb el fred que fa? Ja se n'encarregaran els treballadors.

Amb desgana, el servent va ajudar l'amo jove a alçar-se i li deixà caure una manta per damunt i també es va tapar

31. El 2 de gener de l'any 1238.

ell amb una altra. Isqueren al pati i Ihsan va demanar a Jaume que agarrara un gaiato del iaio que estava penjat en un pilar, per si calguera espantar algun animal.

–Quin animal? –preguntà sorprés.

–No ho sé. No seria el primer hivern que baixen porcs senglars de les muntanyes.

Jaume es va atemorir, però va callar per vergonya. No havia vist mai cap d'aquells animals viu, però recordava que, de xicotet, uns caçadors en mostraven un, i els claus llargs que li eixien per la boca no els havia oblidat mai.

Van eixir de casa. Aparentment tot estava en ordre. Si els homes s'havien alçat a veure què passava, ja s'havien tornat a gitar, però els gossos, tot i amainar els lladrucs, no callaven.

–Si encenem una torxa, pegarà a fugir –va suggerir el servent, cada vegada més atemorit.

–Sí, home, i demà el tindrem ací una altra vegada.

–Si despertem els treballadors, potser podran caçar-lo i omplir el rebost.

–Per què dius tantes ximpleries?

En aquell moment Jaume es va adonar que havia comés una altra errada. Se li havia oblidat que el porc era un animal impur per als musulmans, i tenien totalment prohibit consumir-ne la carn.

–És que tinc un poc de por –va confessar.

–Vaja! –va exclamar Ihsan, rient–. Tens dos braços i dues cames i t'acovardeix un porc.

–Saps com deu dur el morro, d'armat?

–Això no vol dir res; més perilloses són les serps, i tenen la boca i les dents xicotetes.

–També hi ha colobres per ací?

–I tant! L'any passat en rondava una per la conillera. Feia més de dues vares!

–Serà millor que entrem a casa i ja la buscarem demà.

–Ni pensar-ho! No anirem a dormir mentre alguna bèstia ens buida la granja.

–Els gossos ja no lladren tant.

–Pitjor m'ho poses! La serp de què t'he parlat no va conformar-se amb els conills. Es menjà també dos gossos –va exagerar Ihsan, en veure el caràcter espantadís que mostrava el servent–, i la trobàrem engolint-se un treballador sencer. Això sí, estava molt prim.

–Mentider! Et burles de mi –es va queixar Jaume mentre l'amo jove esclafia a riure.

–No creia que et feren por les serps.

–I no me'n fan! A l'Ebre pescava anguiles i també colobres d'aigua, però els animals que no conec em causen respecte, sobretot si em contes aquestes animalades que has amollat.

Les rialles van molestar algun dels homes, que els va increpar. Amb més cura, van anar cap a l'estable, i en veure les haques tranquil·les, van pensar que no hi havia cap amenaça que suposara perill per als animals. Tanmateix, un gos seguia lladrant. Realment, udolava, i era un udol tan sinistre i llastimós que feia posar la carn de gallina.

–Açò no m'agrada gens –digué Jaume, en veu baixa–. Sembla l'avís de la mort. A Tortosa deien que, quan un gos udola d'aquesta manera, anuncia que algú ha mort o morirà al cap de poc de temps.

El silenci va fer més aborronador el plor del ca. I aleshores, seguint la direcció cap on mirava el gos, Ihsan va trobar un altre motiu d'inquietud.

–Mira la lluna! Té un mos!

Els dos es van quedar mirant el cel bocabadats. Un eclipsi tapava mig disc lunar.[32] Això és el que havia provocat que els gossos udolaren.

–La lluna plena mossegada, és un mal auguri, no? –preguntà Jaume, temorós.

–Crec que sí. Vaig sentir el iaio parlar d'això una vegada, però no recorde què deia.

–I els udols del gos...

–La mort ens visitarà prompte, si no ho ha fet ja –advertí Ihsan.

Un nou udol va esgarrar el silenci i va sobresaltar més encara els joves, que decidiren tornar a casa. Es van gitar preocupats per la premonició, però al cap de pocs dies van oblidar el mal auguri.

Una setmana després van viatjar a Balansiya. A trenc d'alba, van eixir de la Vil·la Nova. Salim conduïa el carro on anava l'amo Kadzim amb son fill i el servent. Per davant, sis homes subjectaven amb cordes el bou imponent que duien a l'escorxador, tot just darrere de Jamal, que obria la comitiva muntat en una haca. Van anar fins a al-Borai'ya, i des d'allà prengueren el camí cap a la ciutat, que desembocava en un

32. En els llibres d'astronomia es parla d'un eclipsi de lluna la nit del 2 de gener de 1238, a les 5.50 hores.

ramal de l'antiga Via Augusta. Van passar pel raval d'al-Yadida[33] i deixaren a l'esquerra l'almúnia reial, amb la vegetació exuberant que omplia el jardí. Creuaren el riu[34] pel pont fet amb barques que moria a la porta del Full,[35] però no hi entraren, perquè els carrers estrets i plens de gent de la ciutat no eren el millor trajecte per a dur un bou. Van rodejar la muralla cap a llevant i, en sobrepassar la torre d'Alí Abu Fadl,[36] van girar cap a xaloc i van arribar al pla d'al-Mussalla, al qual s'obria la porta de la Llei. En aquest lloc, Jamal i els treballadors seguiren conduint el bou per fora, vorejant la rambla, el braç sec del riu junt al qual discorria la muralla per migjorn, mentre que Kadzim i els dos joves baixaren del carro, entraren a la ciutat i arribaren ràpidament a la casa familiar on vivia l'oncle Nasir. Jaume es quedà fora. Els criats no entraven a les cases alienes si no se'ls requeria per fer alguna faena. No pogué evitar l'emoció en imaginar que Farah devia estar darrere d'aquells murs, ordint alguna estratègia per veure'l sense que se n'adonara sa mare o la tia Amina. Però no va ser així. Només eixiren l'amo i el iaio Abdullah.

–Bon dia, Yaqub. La pau del Misericordiós siga amb tu.

–Amb vosté siga, senyor. M'alegre de veure'l restablit.

–No cregues, quasi no m'arriben les forces per a caminar, però aniré amb vosaltres.

33. Barri nou situat a la zona de l'actual carrer d'Alboraia.

34. El Wadi al-Abyad, riu Guadalaviar o Túria.

35. Porta d'al-Warraq, que connectava l'actual pont de la Trinitat amb el carrer del Salvador.

36. La torre ha passat a la història amb el nom d'Alí Bufat. Estava situada a l'actual plaça del Temple.

–Vol que vaja corrent a buscar Salim perquè torne amb el carro? –va preguntar el servent a l'amo.

–No cal –contestà aquest–. Si es recolza en el teu braç, pot arribar-hi bé.

I així, fent de bastó al iaio, van travessar la ciutat. Com que Abdullah era una persona molt coneguda i considerada, el paraven molts vianants. Uns, només el saludaven; altres, comentaven la preocupació que surava en l'ambient: les tropes del rei d'Aragó havien avançat molt els últims mesos i s'acostaven perillosament cap a Balansiya.

Com més caminaven, més pagat estava Jaume de figurar com a criat al costat d'un home tan respectable. Quan arribaven a la porta de la Casa d'Oració,[37] ja es percebia l'olor característica de l'escorxador i de l'al-Barkat, bassal per a proveir l'aigua necessària en les tasques de matar i esquarterar els animals.[38] Van trobar Jamal i els homes vora un corral annex on estava el bou, a l'espera que arribara el carnisser que havia de sacrificar-lo i comprar la carn. No havia passat molt de temps quan reberen instruccions per a entrar-hi l'animal, i just en aquell moment van arribar Ihsan, tot amerat de suor, i Farah, amb el vel cobrint-li el rostre. L'alegria que sentí Jaume per tornar a veure-la es va barrejar amb l'estranyesa per la pressa. L'amo jove havia hagut de fer un gran esforç per arribar tan ràpidament.

–Passa alguna cosa? –va preguntar sorprés a Ihsan, que alenava com un gos.

---

37. Porta de Baytala, eixida cap al sud per l'actual carrer de Sant Vicent Màrtir.

38. A la ciutat actual és la zona de la plaça Redona.

–A la meua cosina li falta un regó! En assabentar-se qui és el carnisser que matarà el bou, s'ha entossudit a vindre.

–Es tracta de...

–Sí, és Sulayman –s'anticipà ella–, l'home que m'ha demanat en matrimoni.

Un poc allunyada, per a observar discretament, Farah va reconéixer l'home de la carnisseria. Mentre li subjectaven el bou, amb el cap mirant cap a l'alquibla,[39] va pronunciar el nom d'Al·là i el va degollar d'un tall net. Tan prompte com l'animal va morir, li van nugar les potes, i tots els homes que havien vingut de la Vil·la Nova més algun treballador de l'escorxador van estirar de les cordes que, passades per unes corrioles, enlairaren la bèstia a l'altura suficient per a poder esquarterar-la. El carnisser va començar a esmolar els ganivets i els lliurava a un altre home més major que es posà a escorxar el bou. Tanmateix, a mesura que avançava la faena, va créixer el desconcert en els tres joves, perquè l'home que Farah havia vist a la carnisseria semblava atendre al nom de Musa. Hagueren de consultar-ho a Salim.

–Sulayman és el més major. L'altre deu ser algú que treballa per a ell.

A Farah li va caure el món damunt en descobrir que, quan setmanes abans anà a la carnisseria amb Alí, havien confós l'ajudant amb el pretendent. El vertader amo era

39. Nom amb què es coneix la direcció a la Meca.

més major, gros i baixet. Tenia una cara poc agraciada i el seu aspecte en general no era el més desitjable per a una xica de catorze anys.

–Com et poden obligar a casar-te amb aquest vell? –protestà Jaume–. Si tos pares et volen de veritat, et deixaran triar a tu, no?

–Clar que em volen! –replicà la xica–, i busquen el millor casament per a mi!

–Però a tu t'agrada aquell home?

–No sóc jo qui he de triar.

–Yaqub, ets massa impetuós i dius coses sense trellat –el va advertir Ihsan–. El respecte als majors i a les seues decisions són coses que ens han inculcat des de xicotets. No entenc com ho oblides i et rebotes com si fores un infidel que desconeix les tradicions.

Jaume va callar. De nou una imprudència havia deixat entreveure que no l'havien educat com a musulmà. Potser ella comprenia la seua reacció, però l'amo jove s'indignava davant algunes actituds estranyes que tenia el servent.

Quan el bou estigué esquarterat en peces grans, Sulayman deixà la faena a l'ajudant i va buscar Kadzim per tancar la venda. L'amo cridà son fill perquè presenciara la negociació, i Jaume i Farah isqueren a prendre l'aire pur de fora.

–Disculpa'm, jo no pretenia posar en dubte l'estima que et tenen els teus pares. Perdona'm si t'he ofés. Potser no pense en com són les coses, sinó en com m'agradaria que foren.

–No m'has ofés –digué ella–, però sembles un il·lús.

–L'únic que vull és que sigues feliç –contestà, amb una dolçor en la veu que li eixia del cor.

Farah va clavar els seus ulls negres i grans en els d'ell. Li va agafar la cara amb les dues mans i, sense pensar-s'ho, el va besar. De seguida pegà mitja volta i es perdé entre la gent. Jaume es quedà quiet, sense reaccionar. Novament, les demostracions afectuoses de la xica contradeien les paraules que havia emés feia uns instants. El contacte amb els seus llavis, encara que fóra a través del vel, no ajudava a la resignació. Farah sentia per ell alguna cosa més que afecte.

El preu del bou incloïa quedar-se dues peces de carn, les vísceres i la pell, la qual van dur a l'adoberia perquè prepararen el cuiro. La família i Jaume tornaren a peu per dins. Va ser aleshores quan el iaio els parlà de la pista següent. Els va dir que en el recorregut que havien fet de matí fins a sa casa devien haver vist el lloc al qual es referia el missatge que els lliuraria. De tornada a la Vil·la Nova, caldria localitzar aquell indret i trobar la solució.

A la casa de l'oncle Nasir, els treballadors s'acomodaren en un pati annex on tenien els animals. Allí van fer l'oració de migdia i, mentre esperaven el dinar, van buscar la calor del sol en un jorn dels més freds de l'hivern. L'amo no volia retardar l'eixida perquè el dia encara no allargava molt, així que, quan Salim acabà de netejar un poc el carro, es disposaren a partir. Jaume no deixava de pegar ullades a la porta, per veure si Farah guaitava. Però la xica no hi aparegué. En canvi, el iaio Abdullah sí que anà expressament a acomiadar-se.

–Yaqub, veig el meu nét molt animat i recuperat. Sembla que fas un bon treball. No obstant això, hi ha una cosa que has oblidat. Vam quedar que aprendries a muntar a cavall i m'he assabentat que ni ho has intentat.

Jaume abaixà la cara avergonyit. El iaio tenia raó. Havia ajornat aquella tasca els primers dies i després se li havia oblidat.

–Demà mateix podem començar –va eixir Salim mirant d'ajudar-lo–. Falten encara uns dies per a llaurar. Hi podem dedicar una bona estona tots els matins.

–A la pròxima lluna plena pense comprovar-ho.

Kadzim preferí dur el carro, i va permetre que el conductor habitual s'asseguera darrere amb els xics en lloc d'anar caminant com la resta. A penes moure, Ihsan va traure el paper on el iaio havia escrit la tercera pista: «Quantes vegades pujarà el rei al cel per replegar fruits d'or grossos i dolços?».

–Quan l'ha llegit Farah, ha dit que si els fruits són dolços és perquè es mengen, per això pensa que deuen ser dàtils.

–I el rei que puja al cel? –preguntà Jaume.

–No ho sabem. Hem preguntat si hi ha alguna llegenda que tracte d'això, però ningú n'ha sentit parlar mai.

Mentre els joves intentaven esbrinar el significat del missatge, Kadzim va creuar el pont i es va desviar a la dreta per passar vora el palau reial.[40] Abdullah així li ho havia demanat perquè aquell era el lloc on trobarien la resposta.

40. Palau rodejat d'una almúnia (parc d'esplai), que construí Abd al-Aziz als actuals Jardins del Real o Vivers.

L'amo escoltava la conversa i somreia a mesura que s'acostaven a l'almúnia.

–Ha d'haver-hi alguna història en què els dàtils es cullen pujant al cel.

–Els dàtils es cullen pujant a les palmeres –va indicar Salim, mentre els assenyalava els arbres que sobreeixien de la tanca.

Els tres alhora s'adonaren del significat de la metàfora, però va ser Ishan qui intuí que tenien la solució davant del nas.

–Què és açò, pare? –preguntà, referint-se a la finca que s'estenia frondosa a la vora del camí.

–L'almúnia reial. Aquestes palmeres són del rei.

–Ja ho tenim! –exclamà el fill–. Comptem-les!

Jaume no ho sabia fer, així que fou Salim qui botà del carro, tornà arrere i calculà els arbres que havien sobrepassat. Després, ja des de dalt, Ihsan seguí comptant. Al llarg de la paret de ponent hi havia cinquanta-cinc palmeres. L'alegria es va apoderar dels joves, que arribaren a la vil·la molt contents, però a un li durà poc el bon humor. En baixar del carro, Jamal va cridar el servent i li va dir que, mentre estava absent, havia vingut Llorenç Cases, son pare, a visitar-lo. Li havia fet entendre que el fill no vindria fins a la nit i li va remarcar com pogué que es trobava molt bé i molt a gust amb la faena. Se'n va tornar al grau reconfortat pel que li havien dit, però també decebut per no haver pogut veure'l. El fill es va quedar molt trist. Se li va remoure l'enyorança que havia sentit dies abans, quan s'assabentà que els cristians havien celebrat el Nadal. I ell, tot sol, trobava a faltar els pares com no ho hauria imaginat mai.

Quan l'endemà Salim acabà les faenes inajornables, va cridar Jaume per complir la paraula que li havia donat al iaio d'ensenyar-lo a pujar a cavall. Va començar per explicar-li els noms i les funcions dels aparells i les corretges més usuals, distingint allò que es gastava per a treballar el camp d'allò que calia per a muntar o per a enganxar el carro. Després, va triar un animal noble i dòcil i va fer que li raspallara el pèl perquè anaren coneixent-se. No donà temps per a més ja que van parar de treballar més prompte del que acostumaven. Com tots els anys, l'endemà de matar el bou hi havia un dinar especial. Amb el fetge i altres vísceres com la melsa, el lleu o el cor, tot ben fregit, i amb endívia i cigrons que afegien, feien un arròs melós per a la família, els criats i els treballadors. Per a molts d'ells, prendre l'arròs amb fetge de bou suposava una de les poques ocasions en què menjaven el més paregut a la carn que tenien a l'abast. Semblava una festa, i a Jaume li vingueren al cap els aniversaris que celebrava amb els pares. Això el va posar trist. Potser havia complit ja els setze anys, però no ho podia saber. Desconeixia en quin dia estava, segons el calendari cristià.

Després de dinar, Jaume es va apartar cap a l'estable. No tenia ganes de parlar amb ningú. Buscava quedar-se a soles amb els seus pensaments, tancar-se en el seu món, perquè en aquell món havia entrat Farah i no hi havia lloc per a ningú més. Però la presència contínua de la xica en la seua ment el feia desesperar. Pensant amb un poc de trellat, el millor que podia fer era oblidar-la. Les tradicions musulmanes semblaven més rígides que les cristianes, almenys en matèria de casaments. Ella acceptava la decisió paterna, encara que s'havia deixat acaronar la mà a la platja i a la porta de l'escorxador l'havia besat. Jaume pensava que no hauria fet cap de les dues coses si no li agradara o, potser, l'estimara. Ell s'havia enamorat, però un servent pobre no tenia cap opció. El problema era que no sabia què fer, no veia clar com comportar-se la pròxima vegada que Farah tornara a la Vil·la Nova.

–Yaqub, vull que em faces un favor –digué Salim, acostant-se a Jaume.

–Què vols? –preguntà mentre s'incorporava.

–Ma mare està malalta. Pateix uns mals de cap molt forts des de fa uns dies i ho passa molt malament. T'agrairia que vingueres a veure-la. Encara queden més de dues hores de sol, i ma casa està prop.

–Salim, saps que no sóc metge. Conec remeis per a algunes malalties, però res més.

–Només et demane que vingues i que ella et conte què li passa. Si se t'ocorre alguna cosa que li rebaixe el patiment, això que guanya.

–Bé, jo vaig, però no et promet res.

Jaume va demanar permís a Jamal per a anar-se'n amb Salim, i els dos mogueren cap a la casa d'aquest. En poc de temps hi van arribar. Era una barraca modesta, menuda i vella. Es notava que l'amo treballava fora perquè no estava massa endreçada. Trobaren la mare al cara-sol, ocupada a cosir una peça de roba que ja estava tota apedaçada. La cara de la dona reflectia el dolor que no la deixava ni de nit ni de dia, segons va explicar. Després de fer-li unes quantes preguntes, l'única cosa que Jaume tenia clara era que el mal de cap era continu, sense que hi haguera cap motiu que ell coneguera.

–No sé quina malaltia pot tindre. Hauria de veure-la un metge.

–No el podem pagar –li digué Salim.

–Jo sols puc donar-te un remei perquè dorma, però no puc curar-la. No sé el que té.

–Dóna'm el que siga –suplicà la dona–, perquè només em sent millor si em tanque a fosques dins de la barraca, però així no puc seguir, ja que la faena es queda sense fer.

Jaume els va explicar que buscaria llavors de cascall per a fer una infusió que l'ajudaria a dormir i li amainaria el mal de cap. La dona li va desitjar totes les benediccions que Al·là poguera donar-li pel seu interés i es quedà un poc més animada, en pensar que, potser, canviaria la seua sort. Per contra, el servent tenia un altre pensament. Sense poder evitar-ho, va recordar els udols dels gossos i la lluna plena mossegada.

CAPÍTOL 7

Tots els dies, fóra al final del matí o de vesprada, Salim trobava una estona per a ensenyar Jaume a muntar a cavall. El nou genet aprengué ràpidament, més que res, perquè va guanyar molt prompte la confiança de l'animal, cosa que li va estalviar més d'una caiguda. Quan el servent ja cavalcava amb desimboltura, li va tocar el torn a l'amo jove, com havia acordat el iaio amb Salim. Ihsan, que ja tenia les ferides totalment cicatritzades, començà a aprendre de nou a muntar amb molt d'entusiasme. Al principi, calia enlairar-lo per tal que s'asseguera damunt l'animal. Com que no podia usar les crosses, havia de valdre's només del pal que li acoblaven al monyó de la cama esquerra. El problema era que, en no tindre genoll, no podia doblegar-la, i això dificultava la maniobra de pujar a la sella. Fins i tot, Jaume es va nugar una canya a la cama esquerra per mantindre-la recta, i així experimentar per ell mateix la forma més eficaç de muntar. Ràpidament arribà a la conclusió que només podia impulsar-se cap amunt amb la cama bona. Si es posava dret sobre l'estrep i s'inclinava cap avant, era possible passar la prolongació ortopèdica per damunt del llom de l'animal i poder asseure's.

–Caldrà posar una altra cingla perquè la sella quede ben subjecta –va indicar Salim–, si no, podria cedir al pes del genet.

El jove treballador tenia prou habilitat amb el cuiro, així que va buscar una muntura vella i féu les modificacions necessàries per tal d'adaptar-la a les necessitats que sorgien.

–És menester alçar la borrena davantera i cosir-li una ansa rígida perquè et pugues agarrar millor i no caure –explicava a Ihsan.

–També pots rebaixar la borrena de darrere –suggerí Jaume–. Així passarà la cama per damunt amb més facilitat.

–No oblides que has de fer un estrep nou on puga falcar la pota de pal –afegí Ihsan.

–Escolteu, vosaltres vos penseu que no tinc una altra faena?

–Queda't a dormir ací! –bromejà el servent–. Ara que comença a allargar el dia podries aprofitar la darrera hora de llum, en lloc d'anar-te'n a casa.

–I qui cuida ma mare malalta? –els va recriminar.

Tanmateix, Salim trobava tots els dies un poc de temps per a treballar en la sella. Els joves li ho posaven fàcil. A primera hora del matí, Jaume treia el fem i el mateix fill de l'amo posava les garrofes a les haques i els lletsons als conills. Més tard, passaven pel pati de la figuera, es col·locaven sobre l'última tella que havia clavat el iaio al rellotge de sol i, si l'ombra es projectava entre les onze i les dotze, anaven a buscar Salim.

–Encara no has acabat? Tan cert com que em diuen Yaqub que mai he vist un corretger tan gos com tu.

–Hauré de dir-li a Jamal que t'acurte la ració de menjar –bromejà l'amo jove.

–Vés amb compte, no siga cas que se t'esvare la crossa i caigues de cul damunt de les bonyigues –va ironitzar Salim.

Cada dia cavalcaven un poc per provar les modificacions en la sella. Jaume pujava darrere d'Ihsan i el subjectava per la cintura, mentre l'amo jove dirigia les regnes amb una mà, ja que estaven unides als dos extrems d'una fusteta que el genet agarrava pel mig i tombava segons convinguera, igual que els palets que tenen els titelles per a ser manejats. Amb tot, el principal problema seguia sent la forma de mantindre l'equilibri damunt de l'animal, però el corretger aconseguí finalment que Ihsan se sentira ferm assegut a la muntura i tinguera el braç totalment lliure per a dirigir el cavall i cavalcar sol.

Va ser a la lluna plena del mes de jumada al-àkhira[41] quan Abdullah tornà a la Vil·la Nova per fer les seues mesures i situar les telles al rellotge de sol que construïa a poc a poc. Així i tot, el primer que va fer en arribar fou interessar-se pel progrés de Jaume muntant a cavall. El que no s'esperava era que a la porta de l'estable trobaria el nét damunt de l'haca, a soles.

–Què et sembla? –li preguntà el genet, entusiasmat.

Ihsan va descavalcar amb una habilitat sorprenent i, de seguida, tornà a muntar i tornà a desmuntar, sota la mirada atenta del servent. El iaio el va abraçar emocionat.

–Saps què et dic?, que et falta una cama i un braç, però et sobren collons per a aconseguir allò que et proposes. Estic molt orgullós de tu!

---

41. La data és el 31 de gener de 1238.

Li van explicar els canvis que havien fet a la muntura i Abdullah féu cridar Salim i el va felicitar pel seu enginy com a corretger. A més, li va lliurar un dírham.[42]

–Yaqub, pren! –li digué, mentre li mostrava una altra moneda de plata–. Amaga-la a casa, no siga cosa que la perdes o te la furten, però és teua, en agraïment pel que fas pel meu nét.

El iaio no havia vingut a soles. També havia viatjat la seua néta, per tal d'anar a la mar, però aquell matí feia tant de fred que la tia Amina no va consentir que Farah anara a la platja. En compte d'això, la va retindre dins de casa, amb els peus submergits en un llibrell i amb una cassola a l'abast per a rentar-se la cara contínuament amb l'aigua de la mar que havien calfat un poc. Jaume estava despagat perquè s'havia imaginat que anirien a la platja, i per acabar-ho de rematar, Umar, que el va veure desocupat, l'havia enviat a l'estable a traure el fem. Sort que Salim ja se n'havia encarregat i, així, es van posar els dos a netejar les corretges i altres guarniments.

–Com està ta mare? –li va preguntar.

–Pitjor. Els mals de cap són més forts i no li donen treva.

–Segueix prenent la infusió de cascall?

–Sí, és l'únic que la fa dormir, però no la cura. Quan es desperta, continua patint forts dolors. Passa el dia gitada i quasi no menja. Ja no sé què puc fer...

---

42. Moneda antiga, normalment de plata.

–Dóna-li tisanes més a sovint.

–Se m'acaben les llavors, i Jamal em va advertir que en quedaven poques i no me'n donaria més –va lamentar Salim, que reflectia a la cara tota la impotència que sentia.

–No et preocupes. Jo li'n demanaré.

Els dos van seguir treballant en silenci: l'un perquè la tristor se li enduia, fins i tot, les ganes de parlar, i l'altre perquè l'inquietava el record de la premonició del gos udolant, la nit de lluna plena en què hi hagué l'eclipsi. El clima de desànim es va trencar quan Umar entrà a l'estable a deixar una haca perquè la desaparellaren. Després, va dirigir l'acostumada mirada intimidadora cap a Jaume i se'n va eixir sense dir ni un mot.

–Et trobe molt callat, Yaqub –digué Salim–. Et passa cap cosa?

–No, estic bé.

–Te n'ha fet el capatàs alguna de les seues?

–No, últimament no està molt fotedor.

Van seguir xarrant, però Jaume no atenia a la conversa. Farah estava a la casa i quasi ni s'havien vist. En acabar l'oració del migdia, Salim va anar a les conilleres i ell continuà netejant les regnes mentre esperava el dinar. I aleshores el fred es va convertir en foc. Guaitant per la porta i mirant a dreta i esquerra per assegurar-se que ningú la veia, Farah havia entrat a l'estable i l'observava en silenci. A Jaume li pujaren els colors sense poder evitar-ho, per això, després d'un tímid somriure, va abaixar la cara fingint que es concentrava en la faena que duia entre mans.

–Què fas?

–Netejar corretges.

La xica començà a tafanejar distreta els aparells i ell, passat el sobresalt inicial, la mirava descaradament. Ella, en sentir-se observada, seguia toquejant els guarniments i preguntant per a què servien.

–No has anat a la platja –va dir Jaume, per fi.

–Fa molt de fred, però he estat tot el matí mullant-me amb l'aigua de la mar.

–Com tens la pell?

–Crec que millor, encara que la germana de Sulayman no opina el mateix. Clar, que si tu saps algun remei...

–Jo et curaria a besos –li va contestar ell, llançat.

–M'agradaria molt que m'aplicares aquest remei.

Farah li va passar els braços per la cintura i el va mirar seductorament. I ell, encantat pels seus ulls, va acostar lentament la cara fins que es fongueren en un bes dolcíssim. Ella apartà el rostre i el recolzà sobre el pit del xic, on es notava un cor a punt d'esclafir.

–Saps que el meu matrimoni està aparaulat –va murmurar, mentre se li escapava una llàgrima–. No hi ha res a fer.

–Tenint-te entre els braços, em conforme.

–Si em veuen, em mataran, i a tu et tiraran de la Vil·la Nova.

–Encara que em tancaren a la presó, no deixaria de desitjar-te.

Es van besar de nou fins que sentiren que arribava Salim, que cridava a dinar.

De vesprada, Abdullah no volgué donar-los la quarta pista, excusant-se en la faena que havia de fer. Com que les nits d'hivern queien molt prompte, es consumien molts ciris. Calia fer-ne més. El nét es va oferir per ajudar, i Farah hagué d'anar-se'n a soles a la platja amb la tia Amina, mentre que els xics van moure darrere del iaio cap al xicotet obrador que hi havia al costat de la conillera.

–Hauràs de fixar-te bé, Yaqub. Ihsan ja sap fer-ne, però ara cal que n'aprengues tu.

Abdullah els va manar que encengueren foc. Després, posaren un perol i l'ompliren de trossos de cera que hi havia reservada en unes gerres. Mentre s'escalfava, Abdullah va traure un feix de fils que tenia tallats, tots a la mateixa mida, i els va deixar vora el perol. Es posà un guant de pell i li'n va donar un altre a Jaume. Quan la cera ja estava fosa, va agarrar un fil per un cap i hi va introduir la resta. Ihsan ajudà a submergir-lo amb un pal. De seguida el tragué i estirà l'altre cap amb la mà que tenia el guant, va esperar un poc que es refredara la cera, de manera que el fil quedara tot recte, i va nugar l'extrem net en una graella que hi havia penjada al sostre.

–S'han de nugar des de darrere cap avant –explicava Ihsan.

–Però aquests ciris són molt prims –va observar el servent.

–Tin paciència –demanava el iaio–, que només hem fet que començar.

Seguiren amerant els fils en la cera fosa i penjant-los, fins que el iaio va manar que situaren el perol davall de la graella. Aquesta estava subjectada amb una corda que passava per una corriola. Aleshores, va desenganxar la corda i l'afluixà a poc a poc fins que la graella començà a baixar i els fils s'introduïren en el perol. Moments més tard, els va pujar de nou perquè es refredara la cera que cobria els blens. Tornaren a repetir l'operació diverses vegades, de manera que en cada ocasió la capa que envoltava el fil era més grossa. Quan consideraren que la grossària dels ciris era la justa, els van desnugar i els penjaren en un pal horitzontal que hi havia a la paret.

–Que enginyós! –comentava Jaume–. És un invent vostre?

–No –va contestar el iaio–. Açò ho vaig aprendre a Algèria, quan vaig viure a Bugia.[43]

–Allà no va ser on conegueres l'amic que t'ha enviat l'enigma dels conills?

–Sí, el meu estimat Lleonard.

–I el «teu estimat Lleonard» et va dir que calia que ens tingueres tota la vesprada fent ciris en lloc de donar-nos una nova pista? –va preguntar Ihsan, irònic.

–No, però vos la lliuraré ja. No vos l'he donada abans perquè és la més fàcil, però pense que vos ho heu guanyat.

Ja a la casa, es reuniren amb Farah per analitzar la pista. Com en les precedents, seguia referint-se a l'or, encara que fóra figuradament: «Qui ens dóna l'or dolç, ens dóna la llum que naix als ferros».

–Si és dolç, vol dir que es menja –va deduir Ihsan.

---

43. La ciutat de Bugia va assolir fama de fer ciris de molta qualitat. Precisament, en el diccionari trobem *bugia* com a sinònim d'espelma o candela.

–Una cosa dolça que es menja, i és daurada.

–Potser és el rovell de l'ou, quan el gasten per a fer pastissos –va suggerir Farah.

–Aleshores, parla de les gallines!

–I quina llum donen les gallines? –preguntà Jaume.

–Més que donar-ne, l'anuncien totes les matinades.

–I això dels ferros, no es deu referir al galliner?

–Només hi ha una manera de saber-ho.

En efecte. L'endemà a l'alba, després de la primera oració, van anar al galliner, per observar si en cantar pollastres i gallines trobaven alguna cosa que els conduïra a la solució. Però es cansaren abans d'albirar res de profit. A més, Farah havia de moure amb el iaio i la tia cap a Balansiya, així que van haver de deixar l'enigma per a una altra ocasió.

De nit, en acabar de sopar, Fàtima va servir unes pastes dolces i daurades. Dos dies abans, el iaio li havia demanat expressament que en fera de sobra per a poder endur-se'n a Balansiya sense acurtar-los la ració. Tenien un sabor característic.

–Mel! Açò du mel! –exclamà el fill.

–Clar. Que no estan bones les pastes? –preguntà la mare.

–Boníssimes!

Ihsan s'alçà de taula i va anar a buscar ràpidament el seu servent, que acabava de sopar amb els treballadors.

–No són les gallines, Yaqub, són les abelles les que fan l'or dolç, la mel!

–I la llum que naix als ferros?

–Són els ciris que ens enllumenen cada nit –afirmà Ihsan–. No recordes que ahir els nugàvem en una graella de ferro? Qui ens dóna la mel, ens dóna la cera que fa llum. No sé com no ho hem vist abans!

–I quina és la resposta que busquem?

–Deu ser el nombre de ciris. El iaio ja duia els blens tallats. De segur que va preparar la quantitat exacta que li interessava. Què et sembla si comptem quants ciris vam fabricar?

–Compta tu, que jo no sé arribar a tant –es justificà el servent.

L'amo jove així ho va fer. El resultat era huitanta-nou. La quarta pista estava resolta. Al desé mes, hi hauria huitanta-nou parelles de conills.

L'endemà, Jaume va anar a la barraca per demanar-li a Jamal les llavors de cascall que necessitava, però no l'hi va trobar perquè l'encarregat se n'havia anat a parlar amb l'atandador. Aquells dies sembraven el forment i calia demanar la tanda d'aigua. Sense pensar-s'ho massa, el servent es va posar a buscar en la prestatgeria on guardaven fulles, arrels i altres productes que tenien propietats curatives o que es gastaven per a cuinar. Obria les gerretes i gaudia de les aromes que s'escapaven, intentant identificar de quina planta eren. I en això, va arribar Umar.

–Què estàs fent? –va cridar des de la porta.

–Busque unes llavors...

–I a tu qui t'ha dit que pots entrar ací, com si fóra ta casa?

–Entre sovint, quan he de replegar o deixar allò que em mana Jamal –es va justificar.

–Sí? I on està ara Jamal?

–No l'he trobat, però quan el veja li ho pense explicar...

–Ja està bé, desgraciat! Et penses que no sé el que busques?

–Jo només vull unes llavors –va dir Jaume, atemorit.

–Et vaig dir que et tallaria una mà si tornaves a tocar res d'ací dins sense permís, però sembla que no saps fer cas de qui mana. És la segona vegada que et trobe regirant les gerres, però t'assegure que serà l'última.

Jaume es va alarmar de veritat. No volia ni imaginar fins on podria arribar el capatàs, així que començà a planejar per on podia fugir si Umar se li acostava. Al mig hi havia un banc de treball. Esperaria que el capatàs s'aproximara per una banda per a eixir corrent per l'altra. I així va ser. Afortunadament, no hi havia cap destral a mà, però Umar es féu servir d'una de les vares d'olivera apilades en un racó, i quan avançà per la dreta de la taula, el servent va córrer cap a l'esquerra. El que no esperava Jaume és que entropessaria amb uns cabassos que hi havia en terra, amb tan mala sort que va caure, i per més de pressa que volgué alçar-se, ja no tingué temps de fugir. El capatàs començà a descarregar la vara amb violència. Semblava que li partiria l'esquena. La branca era fina, i feia l'efecte que rebia unes fuetades que se li clavaven en la carn. Es va girar i, en intentar protegir-se amb els braços, agafà instintivament la vara amb les mans. Va pegar un estiró que féu que se li amollara de les mans a l'atacant. De sobte, es va alçar i es quedà plantat davant d'Umar. S'hauria deixat dur per tota la ràbia que sentia, però va retardar el contraatac. Fou el temps suficient perquè el capatàs poguera parlar.

–Si goses tocar-me, ets home mort –el va amenaçar–, perquè no em conformaré que Kadzim et tire de la vil·la. Et jure que et seguiré fins que et mate, malnat!

Jaume es va parar. No tenia por, però va pensar que si amollava tota la seua ira, perdria allò que havia aconseguit en els últims mesos. Valia més esperar i no caure en el parany. Aleshores fou el servent qui escopí, però a terra, per mostrar el menyspreu que sentia. Va llançar la vara contra la paret amb ràbia i va eixir de la barraca. Temps arrere havia pensat a fugir, però ara, no. Se sentia fort, i sabia que trobaria la forma de defendre's d'Umar sense atacar-lo frontalment.

Va anar al baixador i es va rentar la suor de la cara. Devia tindre l'esquena marcada, però no es veia. Ningú s'assabentaria de la humiliació que acabava de patir. Ni tan sols Ihsan.

CAPÍTOL 8

Umar va comprovar que el mànec de la corbella no estava ben subjecte, tal com li havia dit un dels homes que, a la porta de la barraca, pelaven les canyes que havien tallat al canyamelar. Anà al magatzem a buscar Salim, que era molt manyós arreglant ferramenta, però a punt d'entrar-hi, es va adonar que Jaume estava dins. Aleshores, va passar de llarg i va seguir fins a la part de darrere, on es podia sentir el que es parlava a l'interior. Sense cap dissimulació, va parar l'orella a les juntes mal tapades que hi havia entre les taules de la paret.

–Fes-me cas –deia Salim–, oblida-la.

–No puc, ni vull. Espere cada lluna plena amb l'únic desig de veure-la.

–És una bogeria, Yaqub. No tens res a guanyar i molt a perdre. Imagina que haguera sigut un altre qui vos haguera trobat abraçats i arribara a oïda del seu oncle Kadzim! Tindràs problemes!

–No, si ningú se n'assabenta.

–Li ho has contat a Ihsan?

–Només ho saps tu. A ell no he gosat dir-li res.

–No sigues imprudent, Yaqub. No tornes a fer-ho si vols estalviar-te patiments.

A l'altra banda de les fustes, Umar va somriure. Acabava d'obtindre una informació que deixava Jaume en les seues mans. Si feia un comentari a l'amo, tiraria el criadet a puntellons, per molt amic que fóra del seu fill. Des d'aquell dia, el capatàs no desaprofità l'ocasió d'escoltar les converses entre els dos xics. Sabia que si Ihsan estava dins de casa i no el reclamava, el servent buscava Salim i, entre les quatre parets del magatzem o de l'estable, li confiava allò que no podia contar-li quan muntaven a cavall. Per això va descobrir fins a quin punt el criat estava enamorat. Un punt feble per on furgar, si li abellia. I ausades que hi va furgar.

A la lluna plena del mes de ràjab[44] la mare de Salim va morir. Feia uns dies que ni parlava ni podia moure braços ni cames. La vida se li esmunyia sense que ningú la poguera ajudar. El fill feia temps que havia perdut l'esperança, i malgrat la pena, pensava que era el millor que podia haver passat. Almenys, la pobra dona havia deixat de patir. Tanmateix, Jaume no feia més que cavil·lar. Estava convençut que aquella mort havia sigut anunciada per l'udol del gos, dos mesos abans. No es llevava la impressió de damunt. Què passaria si tornava a sentir un avís com aquell? No podria suportar el fet de saber que algú moriria al cap de poc de temps sense poder remeiar-ho. Va intentar distraure's. Farah vindria aquell dia, i a més, era probable que l'encarregat li manara fer-se càrrec de l'estable fins que tornara Salim. Però no va ser així. Umar, amb tota la mala idea del món, va convéncer Jamal perquè el deixara endur-se Jaume als camps.

44. El dia 2 de març de 1238.

–Les últimes pluges han endarrerit la faena, i ara ens falten mans per a llaurar la terra i preparar-la per plantar el cotó –argumentava el capatàs.

–Sí, però Yaqub està al servei d'Ihsan. Caldria consultar-ho.

–Aquell xiquet ja no necessita a ningú. Es defén perfectament amb les crosses que li va fer Salim. A més, Abdullah, que ve hui, fa molta companyia al seu nét. Millor que Yaqub vaja ara als camps que no després.

–Tens raó –consentí l'encarregat.

La desolació de Jaume no trobava consol. De matí va eixir de la vil·la abans que arribara la visita. A migdia Ihsan i Farah estaven al menjador amb la família i ell dinava amb els treballadors, com sempre. I de nit, va passar el mateix. Només en l'oració d'abans de sopar va parlar amb el iaio Abdullah.

–No t'havia vist, Yaqub. Sembla que el treball a les terres et té molt ocupat.

–Sí, senyor. M'han avisat aquest matí que havia d'ajudar els homes dels camps.

–He de dir-te que la teua absència m'ha servit per a descobrir que Ihsan pot fer-ho quasi tot sense ajuda. I això és mèrit teu.

–Gràcies, senyor, però ja sap que el seu nét té molt d'amor propi i no li ha faltat mai força per a superar-se.

–També és de veres. I pense provar-lo. D'ací a divendres vull descobrir fins on pot arribar. És una bona cosa que no estigues, per veure com es defén a soles.

–Sí, és molt bona idea, senyor –va dir, resignat.

–El mes que ve, quan torne per quedar-me fins al proper hivern, ja passejarem els tres per l'horta, que tinc moltes coses a ensenyar-vos.

Com totes les nits, després de sopar es va quedar assegut al banquet fins que l'avisaren que el fill de l'amo anava a gitar-se. Ja al dormitori, mentre l'ajudava a despullar-se, Ihsan es posà a contar-li les novetats del dia.

–A penes arribar, el iaio m'havia anunciat que em donaria la cinquena pista a la vesprada, però no ho ha fet perquè diu que em recupere molt bé i vol posar-me una prova més difícil.

–A mi també m'ha dit que et veu molt animat i pensa que et pots valdre per a quasi tot.

–Demà vol que anem als ruscos, per veure quines tasques sóc capaç de fer. Tu podràs vindre?

–No. Crec que em faran anar al camp uns quants dies més. I hui ja estic rebentat!

–Bo, doncs descansa, que les nits ja s'acurten bastant i d'ací a no res ja canta el gall.

Només quan va apagar el ciri i la lluentor dels ulls no podia trair-lo, Jaume va preguntar per allò que més li interessava.

–Ha vingut Farah, no?

–Sí, clar. I hem anat a la platja. Ara fa bon oratge i s'hi està molt bé.

–Veig que no m'heu trobat a faltar.

–Ella, supose que no. Jo, sí, perquè se m'estacava la crossa en l'arena i he patit un poc per arribar a la vora.

–Segueix tan guapa com sempre? –va gosar preguntar-li.

–Sí –contestà Ihsan, sense estranyar-se–. Sembla que els banys d'aigua i els ungüents que li va manar el metge l'han feta millorar.

El record del moment quan li digué que amb els seus besos ja estaria curada va fer que Jaume evocara la trobada a l'estable i reconstruïra la seua imatge en la foscor de la nit.

–Yaqub, tu podries curar la meua cosina? –va preguntar Ihsan, interrompent els pensaments del servent.

–Ja se n'ocupa un metge.

–No vull dir això. Em referisc que si hagueres de fer-li el mateix que a mi, que m'has despullat per netejar-me les nafres i m'has fet massatges, estaria bé? Hauria de mostrar-te les ferides de la pell i deixar que les guarires, encara que tu sigues un home i ella una dona?

–Una dona no es despulla davant d'un metge, encara que destape la part del cos que siga menester per a poder curar-la, però de segur que els remeis els aplicaria alguna dona, no un home.

–Alguna vegada has vist una xica nua?

–A Tortosa –va contestar, corresponent a la complicitat que buscava Ihsan–. Hi havia un clot entre arbres a la vora del riu on les dones es llavaven a l'estiu. Els amics nadàvem i ens hi acostàvem entre els joncs per veure-les sense que se n'adonaren.

–Jo n'he vist una. L'estiu passat, Farah va caure a l'aigua quan jugàvem a la platja. M'enviaren a buscar una muda eixuta mentre ella va anar a llevar-se la roba banyada entre els canyars. Així i tot, jo no vaig vindre a casa de seguida. Des de darrere d'un muntó d'arena vaig veure com es despullava.

–Vaja! I després t'escandalitzaves si jo et veia el cul –comentà Jaume, amb sorna.

–Yaqub –va dir amb veu baixeta–, no t'agradaria veure la meua cosina nueta?

–No digues bajanades! –l'increpà el servent–. Deixa'm dormir, que estic molt cansat.

Però Jaume no es va adormir tan fàcilment. Les preguntes d'Ihsan l'havien espavilat i passà una bona estona imaginant Farah entre els canyars.

Els dies següents no dugueren cap canvi. S'alçava per anar al camp abans que a la casa donaren senyals de vida. Quan tornava a dinar o a sopar buscava de reüll la porta, amb l'esperança de veure aparéixer Farah. Si tenia ocasió, li comentava a Salim el seu pesar, però aquest li deia que això era el millor que li podia passar per a no fer cap imprudència. Desesperat com estava, no podia endevinar que ella, pujada a un baül, guaitava per la gelosia de la finestra xicoteta de l'habitació de les dones, a poqueta nit, quan Jaume es rentava a la séquia a pit descobert. I dia rere dia, Umar l'enviava al camp, amb un somriure que amagava la satisfacció cruel de fer patir un criat al qual havia pres quimera tan de pressa com ell s'havia guanyat l'estima de la família. Per això no fou estrany que, quan Abdullah va anunciar que s'enduia Ihsan un parell de dies a Balansiya, el capatàs insistira en la impossibilitat que l'acompanyara Jaume, i si ho feia, hauria de ser en lloc de Salim, perquè no podia prescindir de dos homes.

–Yaqub, me'n vaig a cal iaio, però sembla que no pots vindre –li va dir a la nit, al dormitori–. Potser torne despús-demà –va afegir, en veure la cara de desengany del servent.

Ihsan va partir l'endemà cap a la ciutat amb una barreja d'entusiasme, a causa de la tenacitat del iaio a estimular-lo per valdre's a soles, i de tristor, per l'absència de Jaume. Van sentir l'oració a la mesquita major. En acabar, el iaio el féu esperar per presenciar com un magistrat jutjava un plet entre dos llauradors. Era habitual que els divendres, després de la pregària, es dirimiren les controvèrsies que ocasionava l'ús de l'aigua, canalitzada magistralment per una xarxa de séquies que no deixaven cap tros d'horta sense regar. I és que Abdullah no es conformava a comprovar com de destre era el nét en les tasques de la vil·la, sinó que també pensava que, en un futur llunyà, Ihsan podia ser representant de la séquia de Rascanya que els abastia, i així, impartir justícia al tribunal.

De vesprada, el iaio li va lliurar la cinquena pista: «Des de l'obrador on descabdellen els grans d'or, fins a la boca que badalla de dia, lleva'n tres als solcs que hi ha enlaire».

–No entenc res! –protestava el nét–. No hi ha per on agarrar-ho!

–No et queixes i posa't a pensar –deia Farah–. A veure, què poden ser els grans d'or?

–Alguna cosa que es descabdella, o siga, és de fil.

–Fil d'or, fil d'or... Potser es refereix a la roba –va dir Farah–. Hi ha cossets que duen adornaments daurats cosits.

–Et sembla que les bobines de fil tenen forma de gra?

–No massa.

–Pel que hem vist fins ara, ha de ser alguna cosa semblant a un gra de forment o a un dàtil, però feta amb fil –va deduir Ihsan.

–Ja ho tinc! –exclamà ella–. Els capolls dels cucs de seda!

–I on els descabdellen?

–Als obradors on fabriquen les teles.

–Pot ser. Ara bé, què és la boca que badalla o els solcs enlairats?

–No ho sé, però l'únic que podem fer és anar demà a buscar els obradors de tela de seda que hi haja.

Quan l'endemà isqueren de casa, ja sabien, almenys, la localització de tres obradors de seda. Van creuar la ciutat per la plaça d'al-Yamaa,[45] i seguiren cap a la porta de la Colobra,[46] perquè els havien dit que allí hi havia un taller de teles. Sense eixir del recinte emmurallat, van girar cap a la dreta, però van arribar fins a la porta del Pont[47] sense trobar-lo. Van decidir tornar arrere i buscar els altres dos entre els comerços del barri de l'alcasseria. Ara sí que van trobar els obradors, però no van veure cap indici d'una boca o un solc, tal com deia el missatge. Com que Ihsan estava molt cansat, van seure al brancalet de la porta d'una casa senyorial per tal que recuperara les forces. Fou aleshores quan els va veure Alí, l'amic de Farah. Ella li va presentar el seu cosí i li explicà el que estaven buscant.

–No tenim ni idea de què pot ser la boca que badalla de dia.

45. Centre de la ciutat, situat entre la mesquita major, actualment la Seu, i l'alcàsser, on hui hi ha el palau arquebisbal.

46. Porta d'al-Hanax, entrada per l'oest, més o menys per l'actual carrer dels Cavallers.

47. Porta d'al-Qantara, denominada així perquè encarava amb l'únic pont de pedra que tenia el riu. Hui ocupen el seu lloc les torres i el pont de Serrans.

–No? Com es nota que vius dins de la medina –va dir l'amic, amb llengua cristiana.

–Què ha dit? –preguntà Ihsan, en no entendre les paraules d'Alí.

–No li faces cas. Quan no sap què dir, parla en la llengua de Peníscola, on va nàixer.

–Si hagueres d'entrar i eixir tots els dies, sabries que les boques que badallen són les portes de la muralla, que s'obrin de dia i es tanquen a la nit. L'obrador que busqueu ha d'estar a prop d'una entrada a la ciutat.

–Ens han dit que n'hi havia un per la porta de la Colobra, però no l'hem trobat –va explicar Farah–, i això que hem arribat fins al riu!

–Perquè heu anat en direcció a tramuntana. Des de la porta, el taller està a la banda d'ací, cap a migjorn.

En un no res el van trobar. Ja tenien localitzats els dos punts entre els quals hi havia els «solcs enlairats». Van fer el trajecte fins a la porta i van tornar, però no van veure cap cosa que poguera identificar-se amb la resposta que buscaven. Ihsan va seure de nou per descansar, i fou aleshores quan copsà el sentit de la pista.

–Eh!, mireu allà dalt! –digué, mentre assenyalava una part de la muralla que quedava visible a la vora de l'obrador.

–Què hem de mirar?

–Fixeu-vos en els espais que hi ha entre els merlets. No es podrien considerar solcs?

–És veritat! –cridà Farah–. La muralla discorre entre el taller i la porta, i a la part de dalt és on tenim la solució.

–Podem pujar-hi per aquesta torreta –va suggerir Alí.

Des de l'interior de la medina, no solia veure's la muralla perquè les cases s'havien construït aprofitant-la com a mur posterior, però de tant en tant hi havia torretes que la reforçaven i tenien una escala per dins perquè els soldats hi pogueren accedir i defendre la posició en cas de patir un atac. Farah i el seu amic van pujar per una d'aquestes torretes que hi havia just vora l'obrador. Ihsan es quedà mirant com la parella començava a comptar els espais entre els merlets i es perdia per darrere de les teulades de les cases en direcció a la porta de la Colobra. Una estona més tard, tornaven tot somrients.

–Fins a la torre de la porta hi ha cent quaranta-set solcs –anuncià la cosina.

–No et deus haver equivocat, veritat?

–Ho he comptat quan he anat i quan he tornat, i és això. Si en llevem tres, en queden cent quaranta-quatre.

–Doncs ja tenim la quantitat de parelles que hi hauria l'onzé mes –va dir Ihsan–. Només ens falta una prova per a resoldre l'enigma.

Els tres joves van moure sense adonar-se que, des que havien arribat a l'obrador, algú no els havia deixat de vigilar, algú que pensava distraure's mentre els espiava, però a qui no li va agradar gens allò que va veure. Fou després de dinar quan Abdullah els va demanar explicacions.

–Farah, qui era el xic que vos ha acompanyat aquest matí?

–Quin xic? –va preguntar, abaixant el cap.

–No m'has mentit mai, no deus pensar començar ara?

La xica va sentir la mirada penetrant del iaio i alçà la cara. La severitat del seu rostre causava respecte, encara que no estalviava l'afecte vers la néta. Ella li va contar la veritat a mitges. Li va dir que era traductor i havia treballat per al cadi. Amb tot, Abdullah va ser inflexible. Calia tallar aquella relació. Tenia a la mà un matrimoni avantatjós, i no el podia malbaratar. Comprenia que l'atraguera un xic jove, però era perillós acostar-s'hi.

–Estàs enamorada d'ell? –preguntà el iaio, amb tendresa.

–No. Queda't tranquil contestà, amb la consciència de dir la veritat alhora que l'enganyava. La lluentor dels ulls, en canvi, li mostraren el que no deien les paraules.

Mentrestant, Jaume passava els pitjors moments des que havia vingut a la Vil·la Nova. El mateix dia de la partida d'Abdullah, després de la pallissa que es va pegar al camp, Umar li va dir que havia de dormir amb la resta dels treballadors. Si no estava Ihsan, ell no tenia res a fer dins de la casa, així que hagué de tornar a la vella quadra on havia passat les dues primeres nits, quan vingué de Tortosa. Això sí, ara no era un estrany. Tots el coneixien i, a més, els quatre últims dies treballant mà a mà amb els llauradors facilitaven molt la relació amb uns homes amb els quals només compartia els dinars i els sopars. No dubtaren a preguntar-li què feia allí i no faltà qui comentà que no tardarien a fer-lo fora de la casa definitivament, en veure que el fill de l'amo ja s'apanyava tan bé. Tanmateix, no es va inquietar massa pels comentaris; es va gitar a la porta i, com totes les nits, va evocar el record de Farah abans de caure com un tronc per l'esgotament.

Durant la nit, es va despertar sobresaltat. Algun treballador havia entropessat amb els seus peus quan eixia a pixar, però Jaume estava desorientat i no reconegué el lloc fins que la claror de la lluna que penetrava per la porta li permeté situar-se. Es va posar d'esquena a l'entrada i continuà dormint. De sobte, va notar el pes d'un cos damunt d'ell, mentre li tapaven la boca i començaven a palpar-lo. Intentà desfer-se'n, però com més es movia, més facilitat trobava l'agressor per a grapejar-lo allí on més es ressentia el seu orgull, fins que una colzada encertada va fer que l'atacant s'encollira i li amollara la cara. Amb un ràpid moviment aconseguí girar-se i alliberar-se dels braços que l'agarraven. Es va incorporar alhora que començava a sentir-se alguna queixa pel soroll, i en quedar-se dret, tota la ràbia i la frustració acumulada els últims dies es va desbocar. Quan Qamar reculava a gates, desistint de les seues intencions, va rebre un puntelló a la cara que quasi li féu perdre els sentits, del dolor tan agut que li causà.

–Si tornes a posar-me la mà damunt, et mataré! –el va amenaçar Jaume, amb coratge.

–Ben dit, Yaqub! –va escoltar com murmurava qui jeia al costat seu.

L'endemà, la blaüra que lluïa Qamar a la cara va provocar les burles dels homes. No gosà acostar-se a Jaume, qui, malgrat haver-se desfogat, cavil·lava intranquil. Estava satisfet perquè s'havia defés, però també l'inquietava la reacció que havia tingut, no tant per la violència física com per les paraules. No haguera imaginat mai que hauria d'amenaçar ningú d'aquesta manera. Si tornava a ocórrer, seria capaç de matar? En menys de cinc mesos que feia que vivia a la Vil·la Nova, la realitat es mostrava més crua que mai. La vida el posava a prova. I les proves més dures encara havien de vindre.

CAPÍTOL 9

L'arribada d'Ihsan a casa va suposar que Jaume deixara la faena del camp i el dormitori dels treballadors i reprenguera l'assistència i les converses amb l'amo jove. No li va contar l'incident amb Qamar. L'havia afrontat ell a soles i no volia que ningú pensara que li plorava a Kadzim a través del fill. Però una certa preocupació començà a nàixer en sentir les coses que havien ocorregut a Balansiya. Abdullah, que ja havia comprovat les possibilitats del nét per a encarregar-se de les faenes de la vil·la, havia aprofitat la visita a la ciutat per a dur-lo a un plet per l'aigua, al despatx d'un prestamista jueu, i a la casa d'un escrivent que treballava per al cadi. Era evident que el iaio volia que es familiaritzara amb altres professions, per si de cas la minusvalidesa no li permetera finalment fer-se càrrec de la Vil·la Nova. Jaume s'adonava que cada vegada la seua ajuda era menys necessària i que, tard o d'hora, deixaria de ser un criat personal. Potser ja no ho seria si no fóra perquè el iaio apreciava molt la companyia i l'amistat que brindava al seu nét.

Tampoc el deixà indiferent el fet que Farah tinguera un amic a la ciutat. Ihsan li contà que s'avenien molt bé, i que la seua col·laboració fou fonamental per a desxifrar la cinquena pista, però el iaio els va guipar i va prohibir a la néta que el tornara a veure. Inevitablement, quan Jaume recordava de nit les trobades amb l'estimada, també se li representava Alí amb ella, parlant, rient, besant-la...

Esperant la lluna plena van transcórrer els dies i, per fi, Abdullah va tornar a la Vil·la Nova per passar els mesos de bon oratge. L'acompanyaren Farah i la tia Amina per quedar-se només fins al divendres, que tornarien a Balansiya. Aquesta vegada Umar no gosà enviar Jaume als camps, així que aquest va veure la xica a penes arribà. Estava preciosa. Les taques a la pell de la cara no eclipsaven la llum dels ulls ni l'encís del somriure.

–Yaqub, que guapo que estàs! –li va amollar quan ell passava pel seu costat, carregat amb el baül on el iaio duia roba, llibres i més telles de marbre que havia encarregat.

–No et rigues de mi –li digué, pensant que el comentari no era un elogi, sinó una burla.

La contestació obeïa al fet que lluïa el cap quasi rapat. Era un costum que tenia des de xicotet. A Tortosa, per primavera li tallaven els cabells arran i li mullaven el cap amb vinagre per llevar-li els polls.

Farah i la tia Amina se n'anaren a la platja, però Ihsan preferí quedar-se a la casa, així que Jaume també s'hi quedà. Abdullah volia instal·lar-se amb calma, però el nét no féu més que apressar-lo, de les ganes que tenia de rebre l'última pista del trencaclosques. A la fi, el iaio claudicà, encara que la lluna plena era l'endemà, i després de comprovar que la resposta del cinqué missatge era correcta, li va lliurar l'escrit que li permetria esbrinar la solució final, el nombre exacte de parelles de conills: «No calen més pistes. Amb el que has trobat fins ara i l'or que dus dins, tens prou per a resoldre l'enigma».

–L'or que dus dins? –es va estranyar Jaume.

–Recorda que no ha de ser necessàriament or. Què és el més valuós que tinc?

–El teu criat personal –va bromejar.

–Tu no vals tant –va riure–. A més, diu que ho duc dins.

–No es deu referir a la moneda que et vas tragar de xicotet? –preguntà, en al·lusió a una anècdota que Ihsan li havia contat temps arrere.

–L'hauràs de buscar al comú –li contestà Ihsan, que esclafí a riure.

–No, gràcies. Vés a buscar-la tu, si vols resoldre la pista.

–Pense que deu ser més valuós que una simple moneda. I ho tinc dins...

–Si vols que et diga la veritat, allò que més llueix en tu és que ets molt llest: saps llegir, saps comptar i saps un munt de coses que jo no sé –va dir Jaume, amb tota la sinceritat del món–. Tu tens molt de coneixement i jo semble només una bestiola!

–No digues ximpleries. Sóc afortunat per tindre un iaio com Abdullah, que m'ha ensenyat moltes coses, però tu no ets cap babau. M'has sabut curar sense haver guarit abans cap mutilat com jo. A més, m'has ajudat a raonar les solucions de les pistes anteriors.

–Home, tampoc sóc un ase! Un poquet sí que sóc capaç de raonar.

–Tots som capaços de raonar, si no, seríem com els... Ei! Això és! Ell sempre ha dit que el més valuós que tenim és la raó, per això ens diferenciem dels animals! –exclamà Ihsan convençut–, raonant sobre els nombres que hem obtingut, deduirem quin és el que falta!

–I com raonem amb els nombres? –preguntà Jaume, a qui resultava massa abstracte el plantejament que li feia l'amo jove.

–No ho sé. Al iaio li agraden molt els nombres i estic segur que no ha deixat passar l'oportunitat de plantejar-nos un problema de càlcul per a trobar la resposta final. Demanem-li un tros de paper i una punteta de carbó de les que gasta per a escriure.

Abdullah els va dir que el paper li'l duien de Xàtiva i no podien malgastar-lo sense més. Tot i mostrar un mal humor fingit, els va donar el que demanaven. Amb l'ajuda del iaio, van recordar els resultats de les pistes anteriors. Ihsan les apuntà al paper i mogué amb el servent cap al pati de la figuera, on posaren el paper al banquet per observar les xifres.

1, 2, 3, 5, 8, 13, 21, 34, 55, 89, 144

Hi havia alguna regla oculta en aquella sèrie de números que la raó els permetria descobrir, però Ihsan no veia res de moment, i el servent només podia patir per no saber ni llegir-los.

De vesprada va ser Farah qui avisà els joves per anar a la mar. Ihsan no volia, però ella hi insistí, més que res, per gaudir de la companyia del servent, per qui se sentia cada vegada més atreta. El viatge a la platja va ser un goig. Feia calor i Jaume es va descalçar i entrà a l'aigua amb ella. Despreocupat de banyar-se la roba, s'agenollava i rasclava l'arena amb les mans per traure tellines. Quan van parar per descansar, s'assegueren els tres a la vora. Farah no deixava de mirar Jaume, que amb la camisola descordada i tota esguitada d'aigua, deixava endevinar el cos que tant li havia cridat l'atenció el dia que carregava arena al carro. La tia Amina, distreta teixint un tapet, no se n'adonava.

–Només falten dues setmanes per al meu quinzé aniversari! –va exclamar Ihsan.

–Quants anys tens ara, Yaqub? –preguntà ella.

–Setze.

–Ja? Quan els vas complir?

–No ho sé –va dir, imprudent.

De sobte, s'adonà que no podia respondre. Sabia que havia nascut el mateix dia que el rei en Jaume,[48] catorze anys més tard, per això duia el seu nom, però desconeixia la data en el calendari musulmà.

–Com que no ho saps? –s'estranyà ella.

–Va ser fa tres mesos –va amollar ell.

–Per què no m'ho vas dir? –es queixà Ihsan.

–Perquè em recorda els meus pares, i això em posa trist.

Es va alçar ràpidament per tallar una conversa que li resultava incòmoda.

–Tornem a l'aigua.

Van seguir amb els jocs. Fins i tot, Ihsan hi va entrar, recolzant-se en el muscle de Jaume, perquè la crossa es

---

48. L'aniversari del rei i, per tant, de Jaume era el 2 de febrer.

clavava en l'arena mullada. Com que els dos xics no podien fer res més que estar drets, Farah va acaparar tota l'atenció, perquè es posà a ballar i a fer pallassades. Aleshores, l'amo jove va intuir clarament el que sentia el servent per la cosina. Aferrat a ell per no caure quan ella els esguitava, va percebre com cada moviment, cada somriure, cada mirada, estaven impregnats d'una fascinació que Jaume no podia amagar. I no era estrany, perquè el mateix Ihsan també veia l'atractiu de la cosina, el cos de la qual es movia de tal manera que la túnica fina, ampla i mullada no podia ocultar les corbes cada vegada més pronunciades que li donaven forma.

De nit, al dormitori, Ihsan tornà a estendre el paper on tenia la sèrie de nombres, i a la llum del ciri seguia cavillant, amb la mirada expectant de Jaume, qui no podia fer més que atendre al monòleg de l'amo jove sense poder aportar res.

–Els tres primers nombres van seguits –raonava en veu alta–, el primer bot, el pega del 3 al 5. Per què? Està clar: 3 + 3 fan 6, i si li'n llevem un, en fan 5. Ho veus?

El servent assentia. Amb aquestes quantitats baixetes, encara podia seguir el càlcul.

–El segon bot és entre el 5 i el 8. Pot quadrar de la manera següent: 5 + 5 fan 10. Ara li'n llevem dos, perquè és el segon bot, i en fan 8. Entesos?

–Sí.

–En el tercer bot calculem el mateix. És entre el 8 i el 13. Què hem de fer?

–A veure, hauríem de sumar 8 + 8, i això en fan...

–16. Què més?

–A 16 caldria llevar-li'n 3, perquè és el tercer bot i en fan... 13?

–Molt bé, Yaqub! –el va animar–. Seguim. El quart bot és entre el 13 i el 21. I ja tenim pegues: 13 + 13 en fan 26, però en llevar-li'n 4, en queden 22, i no 21 que és el que tocava. Sembla que anem bé, però ens falta descobrir per què no ens coincideixen els resultats en arribar al 21. Cal afegir algun càlcul que encara no hem esbrinat.

La bona voluntat de Jaume no impedí que s'adormira. Un poc més tard, era Ihsan a qui se li tancaven els ulls, així que va apagar el ciri i deixà els nombres per a un altre dia.

Quan l'endemà tornaren de la platja, l'ama Fàtima cridà Jaume a la casa. Per primera vegada, va passar més allà de les arcades del pati interior i entrà al recinte privat de les dones. Hi estaven totes. Farah, enmig de l'habitació, somreia obertament, a diferència de la mirada seriosa de la tia Amina i de l'altra tia gran que vivia a la vil·la. L'ama, més afable, li explicà el motiu de la reunió.

–Yaqub, saps que apreciem molt la saviesa que vas demostrar en curar mon fill. Potser coneixes algun remei que faça millorar la meua neboda de la malaltia que té a la pell.

–Sempre he sentit dir que l'aigua de la mar és d'allò més bo.

–Sí, però ja ho veus, es banya cada dia, perquè li duem un cànter tots els divendres, i les plaques escatoses no se li'n van del tot.

–Acosta't a la llum –li va demanar, després de mirar-li la pell del front.

Farah es va posar vora la finestra que donava al pati, i el metge improvisat va parar atenció a les plaques resseques del coll. Va gosar palpar-les amb el dit, primer sec i després mullat de saliva, i la xica quasi perd el posat seriós que pertocava.

–Tens picor?

–Al coll, un poc, però les que més em molesten són les de les cames.

Jaume es va riure per dins, mentre pensava com de boja estava la pacient. Va alçar els ulls interrogants cap a l'ama. Les tres dones es miraren indecises. Finalment, Fàtima va assentir. Farah es va arromangar la túnica fins als genolls.

–Ja prou! Ja prou! –va cridar la tia Amina.

La veritat és que no mostrava més del que ensenyava a la platja, quan passejava descalça amb l'aigua pels turmells. Tanmateix, la situació era distinta. I Jaume n'era conscient. Li va arrancar una crosteta i li va prémer la nafra, per veure si supurava. Va rascar amb l'ungla la pell al voltant de la rojor, i fins i tot, va demanar un poc d'oli d'oliva per a fregar-li la zona irritada.

–El millor és el que vos he dit: molta aigua de la mar i que li pegue l'aire. Si les picors són fortes, pot mullar-se amb una infusió de llavors de lli. S'ho pot fer ella mateixa.

–No hi ha més remeis? –preguntà la tia–. Aquesta xiqueta necessita curar-se prompte!

–No en conec de més eficaços. Hi ha nafres que milloren si les llepa un gos... A Tortosa també usaven un ungüent de cera fosa amb mel i vi blanc, els cristians –s'afanyà a aclarir.

–Quina barbaritat! –va exclamar la tia Amina.

L'ama Fàtima i les ties van donar les gràcies a Jaume i el van acomiadar. Farah no va dir res. Ho féu l'endemà, a punt de tornar a Balansiya, quan va entrar a l'estable.

–Creia que et feia il·lusió guarir-me!

–A besos –va dir, mentre intentà abraçar-la.

–Per això acabares tan prompte, no? «S'ho pot fer ella mateixa» –el va imitar–. Babau!

No hi hagué temps per a molt més. Farah oblidà el suposat enuig i el va besar, però hagué de tallar ràpidament perquè la cridaven per a moure. En eixir precipitadament, no va mirar si algú la podia veure, per això no es va adonar que Abdullah estava davall de la figuera, el mateix lloc des d'on l'havia vista entrar moments abans. Això, i la mirada inquieta de la néta quan movia el carro, buscant algú per darrere dels parents, van fer que el iaio entenguera el sentit d'un comentari, aparentment innocent, que havia amollat Umar la vespra. Ara ja sabia el motiu de la lluentor dels seus ulls. A desgrat seu, per la consideració que li mereixia el xic, Abdullah es va prometre que no permetria que aquella relació tirara endavant.

Tres dies més tard, asseguts al banquet, intentaven solucionar l'última pista. Ihsan continuava centrat a descobrir la regla que seguien els bots que hi havia entre els nombres. Amb una branqueta marcà les xifres a terra i, després, es posà a escriure davall el valor dels bots:

1	2	3	5	8	13	21	34	55	89	144
	+1	+1	+2	+3	+5	+8	+13	+21	+34	+55

–Mira! –cridà Jaume, sorprés–, les xifres dels bots que has escrit en la tira de baix són les mateixes que els de dalt!

Així era. Els bots, és a dir, la diferència entre dos nombres, coincidien amb la xifra de la sèrie que estava davant d'aquells dos nombres. Havien descobert la regla, però calia comprovar-la.

–A veure, entre 3 i 5 en botem 2, just el nombre que hi ha davant del 3. I ara mirem pel final. Entre el 89 i el 144 hi ha un bot de 55, és a dir, el nombre anterior al 89.

–I com sabem quin és el que falta? –preguntà Jaume.

–Molt fàcil. Si a un nombre li sumes l'anterior, que és el bot, et dóna el nombre següent, no? Doncs bé, el nombre final també serà la suma dels dos anteriors, és a dir, 89 + 144, i això en fan... –féu l'operació en terra– 233. Sí, hi haurà 233 parelles de conills al dotzé mes.

Van repassar els càlculs, i en comprovar que tot quadrava, anaren a dir-li-ho al iaio. Aquest els confirmà que havien resolt l'enigma, encara que els va recordar que, en realitat, la solució de dues-centes trenta-tres parelles en un any no era real. Ni les ventrades eren necessàriament de dues cries, ni tenia per què estar igualada la proporció de gèneres, ni els mascles cobrien les femelles exactament cada mes. Només era un exemple que el seu amic Lleonard de Pisa havia utilitzat per a il·lustrar un càlcul matemàtic.[49]

49. Aquesta sèrie numèrica es coneix com la *seqüència Fibonacci*, malnom de Lleonard de Pisa, el «fill de Bonacci».

–I açò què té a veure amb l'or que apareix en totes les pistes? –preguntà el nét.

–Ha sigut una ocurrència. He llegit que, la proporció que hi ha entre les xifres de la sèrie, l'anomenen el nombre auri, perquè sembla tindre un caràcter diví. Diuen que està present en fenòmens de la natura, com la ramificació dels arbres o la distribució dels pètals de les flors, i també en la relació harmònica de les notes musicals.

Jaume escoltava bocabadat les explicacions del iaio, l'home més sabut que havia conegut mai.

Pocs dies després, a la lluna nova del mes de xaban,[50] fou l'aniversari d'Ihsan. Van decidir fer una gran festa. El xic complia quinze anys, i això suposava ser major d'edat. Però, a més, era la vespra del començament del ramadà, mes de dejuni que convenia encetar amb la panxa ben plena. Com que era divendres, tota la família va anar a la mesquita, però no celebraren l'aniversari a la ciutat. Ihsan havia demanat expressament que Jaume fóra convidat, per contra, el iaio s'entossudí a no dur-lo a Balansiya, per això ho festejaren de nit, a la vil·la. Per primera vegada, el servent va entrar al menjador de la casa i compartí el sopar amb la família. A la resta de treballadors, els van deslliurar del treball de la vesprada, en honor a l'amo jove. El iaio féu una oració especial, i va recordar al nét que hauria d'assumir les responsabilitats d'un adult. En haver superat la prova, es faria càrrec de les conilleres i dels ruscos. Va dir que Ihsan

50. L'1 d'abril de 1238.

passava a ser amo absolut d'aquells llocs, i seues serien les decisions que calguera prendre. També va expressar el desig que Jaume fóra la mà dreta del nou responsable, i que s'encarregara de les tasques que aquest no poguera dur a terme per les seues limitacions. El servent es va emocionar molt. Gràcies al iaio, vivia uns moments de felicitat que no haguera cregut mai quan arribà des de Tortosa, felicitat que seria major si Farah hi fóra present. No imaginava ell que havia sigut el mateix Abdullah qui havia impedit que la xica sopara a la Vil·la Nova.

L'inici del ramadà fou una prova dura per a Jaume. Encara que de nit s'atibacava la panxa amb recel de quedar-se amb fam, el dia es feia llarguíssim i li costava dissimular la falta de costum. No havia seguit mai aquell règim, per això es trobava cansat i de mal humor. Amb tot, el que pitjor duia era el fet de no poder beure. A l'alba bevia tot el que podia, però al cap de poques hores ja tenia la boca seca, i encara faltava molt per a la posta del sol. A Ihsan també l'afectà el dejuni, però menys. Al tercer dia del mes sagrat, Abdullah va pensar que calia fer alguna cosa perquè als xics no els resultara tan pesat un sacrifici que havien de viure amb l'alegria de lloar Al·là, i no amb el desgrat d'una penalitat. Així que els va reunir i els anuncià que l'endemà començarien activitats noves. De matí dedicarien temps a passejar a cavall. L'horta que envoltava l'alqueria d'al-Borai'ya amagava moltes coses que calia descobrir. De vesprada iniciarien les classes per a ensenyar a llegir i a comptar a Jaume.

Aquella nit, al dormitori, parlaven il·lusionats de la proposta que els havia fet el iaio. No podien imaginar que no es duria a terme. Des de l'endemà, res no seria igual. Mentre xarraven, va arribar a la vil·la un nebot d'Abdullah que vivia a l'alqueria de Museros. Es va arriscar a viatjar de nit perquè duia notícies terribles. Els va contar que al Puig de Jubayla,[51] on es trobava el rei cristià Jaume I, havia aplegat des de feia dies molta tropa. Senyors, amb cavallers, ballesters i peons, feien costat al monarca amb un únic objectiu: la conquesta de la ciutat de Balansiya. Es rumorejava que l'enemic arribaria prompte a les seues portes. Paterna i Bétera ja li havien oferit al rei els seus dominis, però l'horta que envoltava el cap del regne, i les torres i alqueries pròximes, podrien ser arrasades.

A l'alba començaren els preparatius. Van replegar allò que consideraren necessari o valuós i ho posaren en baüls. També carregaren dos sacs de farina i uns quants animals amb les potes nugades. La família buscava refugi a la ciutat emmurallada, on se sentirien més segurs, mentre que a la vil·la es quedava Jamal amb els treballadors. Tanmateix, Ihsan es va oposar a deixar les seues possessions. Ja era major d'edat i s'acabava de fer càrrec dels ruscos i les conilleres. No pensava abandonar-ho. Ni Kadzim ni Fàtima pogueren fer que cedira. S'havia entossudit a quedar-se i no escoltava raons. L'única esperança era que el convencera el iaio, però en aquell moment Abdullah no es trobava a la casa. Estava a l'estable.

51. En l'actualitat, el Puig de Santa Maria.

–Yaqub, em sap molt greu que et separes d'Ihsan, però no hi ha altre remei.

–Faré el que em mane, senyor –li digué Jaume, amb fingida resignació.

–He de ser sincer. T'aprecie moltíssim i voldria que seguires amb el meu nét durant molts anys, però hi ha un impediment. Anem a casa de mon fill Nasir, i allí viu Farah. No permetré que visques sota el mateix sostre que ella –va sentenciar severament. Després suavitzà el to.– És pel bé dels dos. Ella té aparaulat un matrimoni i tu sembla que no ho entens.

Jaume va abaixar el cap, amb una barreja de vergonya i de ràbia. Es preguntava com se n'havia assabentat i no s'ho explicava.

–Ho sent de veres. Sé que ets bona persona i que la faries feliç, però mon fill no ho consideraria mai així. No pots competir amb un carnisser ric.

Quan Abdullah tornà a la casa, va haver de bregar amb el nét. Hagué d'amenaçar-lo de llevar-li els ruscos i les conilleres, i així i tot només aconseguí fer-lo dubtar. Però aquells dubtes s'aclariren de sobte en assabentar-se que Jaume no l'acompanyaria.

–Si Yaqub no ve, jo no vaig a cap lloc.

–No sigues cabut! Per més que l'estimes, no deixa de ser un criat, i el millor servei que pot fer és quedar-se a la vil·la a cuidar dels nostres interessos. Per a això l'hem llogat!

–T'oblides que és el meu servent. Hauria de ser jo qui decidira, no creus?

–Ets tu qui oblides que anem a ma casa! –va cridar el iaio, desesperat per no convéncer el nét–. Yaqub no hi vindrà!

–I jo tampoc!

Novament, Abdullah tornà a l'estable. Trobà Jaume assegut a terra en un racó, plorant.

–Yaqub, sé que estàs dolgut amb mi, però he de demanar-te un favor. He hagut de prendre una decisió dolorosa. El millor per al meu nét és que vingues a Balansiya; el millor per a la meua néta és que restes ací. He decidit que et quedes, i ara Ihsan no vol vindre...

El servent es va alçar i el iaio, espontàniament, el va abraçar, mentre els ulls apagats reflectien la tristor de la impotència.

–Cuida'l, per favor! Cuida'l!

Tercera part
LA LLUNA NOVA

CAPÍTOL 10

Poc després de mitjanit, el pla que s'estenia al peu del Puig de Jubayla va recobrar la vida. A la llum de les torxes, els soldats es preparaven per a la partida. Ja havien desmuntat les tendes, i al cap de poques hores, allò que havia sigut un campament no era més que un munt de gent que se cenyia el gonió i prenia l'espasa, després d'haver carregat en les albardes i en els carros allò necessari per a la campanya. Van celebrar la missa i van combregar per escometre la missió en estat de gràcia. A trenc d'alba es posaren els elms i partiren. Travessaren la marjal per arribar a la mar i per la vora iniciaren la marxa cap a València, que distava només dues llegües. Entre la tropa, un soldat caminava amb l'orgull de qui es veu vencedor, encara que només tinguera dinou anys i fóra la primera acció militar important en què participava. Era Bernat Cases, de Tortosa, i estava al servei de n'Hug de Montcada, nebot del noble en Ramon de Montcada, que havia mort lluitant al costat del rei en Jaume en la conquesta de Mallorca.

Bernat era fill de Llorenç Cases i de Caterina de Vítem. Malauradament, la mare va morir, i com que el pare es posà a viure en pecat amb una morisca a qui deixà embarassada, Guillem de Vítem, germà de la difunta, va reclamar la custòdia del nebot i el va criar a sa casa com a fill adoptiu, inculcant-li els valors patriòtics alhora que li infonia la vergonya per ser fill d'un pescador i tindre un germanet mig moro. Per això Bernat necessitava triomfar per a oblidar un vincle familiar humiliant. I ara que participava en la croada contra un regne infidel, defenia la religió que el pare havia traït. Però qui vertaderament l'acabà de convéncer per fer-se soldat va ser el seu cosí Roger. Era tres anys més major i feia un temps que servia n'Hug de Montcada. Ja des que eren infants i jugaven junts, Bernat somiava semblar-se a ell.

–No passes ànsia, que hui no hi haurà brega –li va dir el cosí.

–No tinc por! –contestà–. No sóc un covard!

–Ho sé, només vull que estigues tranquil –digué Roger–. Hui muntarem el campament a prop de València. Després començaran les expedicions per a reconéixer el terreny i per a abastir-se d'aliments. Potser hi haurà picabaralles per a mesurar forces o guanyar posicions, però passaran setmanes abans que ens enfrontem a les tropes sarraïnes.

–El que em passa és que el caporal ja ha vingut a fotre'm: ha insinuat que estava cagat i m'ha preguntat si pensava caure de nou per estalviar la lluita.

Bernat es queixava del caporal Sarrià, un home d'uns trenta-cinc anys, visceral i molt dur en el tracte amb els seus inferiors. Des que la vespra de partir a una missió militar el jove soldat es va girar el turmell i hagué de quedar-se al castell, no deixava d'emprenyar-lo, tractant-lo de feble i de covard. Si no arriba a ser pel suport continu de Roger, Bernat potser hauria abandonat les files de n'Hug de Montcada, un exèrcit format per uns seixanta soldats, tots armats amb espasa i escut. A més, tenia cavalls i llances per a guarnir uns vint cavallers, i també dues dotzenes de ballestes. Tots estaven sota el comandament del capità en Cornell, un expert militar que havia servit els Montcada a Mallorca, i que tenia a les seues ordres tres caporals. Un d'ells era Sarrià, al càrrec de la secció on estaven integrats Bernat i Roger.

Les tropes cristianes seguiren fent camí, i en arribar al riu Sec, el capità en Cornell es quedà mirant la silueta d'una vil·la i una palmera imponent que retallava l'horitzó. Els lladrucs dels gossos indicaven que la casa estava habitada, encara que no s'hi veia ningú. Hi havia dependències al voltant, cosa que deixava clar que era un bon lloc per a confiscar queviures. No tardarien a tornar, va pensar el capità.

Quan les cases del grau es veien ja prop, els espies que havien reconegut el terreny setmanes abans disfressats de sarraïns van guiar les tropes cap a ponent, on pogueren creuar el riu per un gual i, en no trobar-hi resistència, van acostar-se a una milla de la ciutat, des d'on es veia perfectament la muralla i, fins i tot, una porta que donava a llevant. El rei en Jaume va detindre la marxa i decidí que era un bon lloc per a acampar, encara que abans va manar inspeccionar els voltants, no fóra cas que hi haguera soldats enemics amagats per emboscar-los. Després, va ordenar que organitzaren torns de sentinelles, i que la resta de soldats començaren a muntar el campament, tasca a la qual van dedicar el que quedava de dia, mentre els senyors i algunes personalitats que acompanyaven el rei, com el mestre de l'Orde de l'Hospital o un comanador de l'Orde del Temple, celebraven sota els tendals que, sense cap enfrontament, havien guanyat una posició molt bona per a inquietar l'enemic, a l'espera dels reforços que havien de vindre des d'Aragó i des de Catalunya.

Amb tot, aquella posició només va durar un dia, perquè l'endemà, de bon matí, els almogàvers que acompanyaven les tropes cristianes van moure a conquistar pel seu compte un poblet al sud de la ciutat. En assabentar-se el rei, va eixir cap allà per estalviar la pèrdua de vides si els sarraïns contraatacaven. I de poc arriben tard, però ho evitaren. Aleshores, Jaume I va decidir traslladar el campament fins allí. El poblet es deia Russafa, i a la vora encara hi havia una almúnia reial que havia sigut lloada pels poetes com un dels jardins més bells d'Al-Andalus. Va ser l'endemà al matí quan els homes de n'Hug de Montcada reberen ordre de buscar provisions.

El capità en Cornell i el caporal Sarrià van eixir a cavall amb una dotzena d'homes. Es van dirigir cap a tramuntana, desfent el camí que havien recorregut dos dies abans. Cavalcaren per la platja i ben prompte trobaren el que buscaven. Ningú no els va sentir arribar. Venien pel camí de la mar i es plantaren al pati de la figuera, entre gallines espantades i gossos que lladraven mentre reculaven fugint de les potes dels cavalls. La majoria dels homes no se n'assabentaren perquè treballaven als camps de la banda de dalt de la casa. Ihsan i Jaume estaven a la quadra i van eixir en sentir el rebombori.

–Jamal! –cridà l'amo jove en veure l'encarregat desplomant-se pel colp que li havia pegat un soldat–. Què feu? Què voleu?

El mateix soldat que havia abatut Jamal es llançà contra el jove, però es va contindre en veure que era un invàlid.

–Pareu, per favor! Si voleu menjar, vos en podem proporcionar!

Cap dels assaltants va entendre el que deia el jove. No els importava tampoc. Pensaven arramblar tot el que hi trobaren. Descavalcaren i es disposaven a escorcollar les dependències quan Jamal va aconseguir incorporar-se a mitges, abans que el caporal Sarrià li amollara un puntelló que el féu caure de nou.

–Deixeu-lo! –suplicà Ihsan–. No vos pot fer mal, no du armes. Cap de nosaltres du armes!

Uns quants soldats entraren a la casa, uns altres al magatzem, on començaren a bolcar tot el que trobaren per davant. L'amo jove es desesperava i pregava que pararen, però no li feien cas. No l'entenien. Aleshores es va avançar i es va parar davant de Sarrià.

–Per favor, no cal que trenqueu res. Si feu malbé la ferramenta, no podrem treballar els camps i no traurem profit de les collites. Ni nosaltres, ni vosaltres.

–Què collons dius? –preguntà el caporal.

Ihsan va quedar expectant. Ell no entenia tampoc la llengua dels cristians. Va clavar els ulls en els de l'oponent, desafiador. Aquest li mantingué la mirada un instant i, de seguida, li féu la traveta. El jove caigué aparatosament.

–Mata'l –ordenà al soldat que tenia darrere.

–No!

El crit esgarrat féu que tots es giraren cap a qui l'havia proferit, que fins aquell moment s'havia quedat a un costat.

–No el mateu! –va cridar Jaume–. És un pobre invàlid que no pot fer mal a ningú!

La sorpresa que s'endugueren els soldats fou enorme. De sobte, un sarraí els parlava perfectament en la seua llengua.

–D'on has eixit tu? –preguntà Sarrià.

–Sóc el seu criat. Ell és el fill de l'amo i té raó en el que vos diu. Si destrosseu les eines de treball i ens mateu, no traureu massa profit. Si ens deixeu viure, podeu tornar més vegades i arreplegar el que hàgem collit.

–Nosaltres hem vingut a endur-nos els queviures i a arrasar la resta –contestà el caporal.

En això va arribar un soldat que venia de darrere de la casa, i va anunciar a Sarrià que havia trobat una conillera on hi havia un munt de conills. Assegurava que, si se'ls enduien, podria menjar tot el campament.

–No podeu fer això! –suplicà Jaume–. Si deixeu els catxaps, d'ací a unes setmanes hauran crescut i tindreu una altra vegada conills per a endur-vos. I les conilles tornaran a criar. No ho enteneu?

–Calla ja! –bramà el caporal, mentre li pegava una punyada que el jove no pogué esquivar, encara que no arribà a caure–. Preferia l'altre moro, que no se li entenia res. Mateu-lo!

–No! No podeu matar-me! Sóc cristià, com vosaltres! Estic batejat i em dic Jaume. Vos puc resar el parenostre perquè em cregueu. Pare nostre que estàs...

La punta d'un coltell que Sarrià li posà a la gola va ofegar la pregària del jove. El caporal va elevar lleugerament l'arma, obligant-lo a alçar el mentó, i, de sobte, li va esgarrar la roba d'una manotada, deixant-lo quasi nu de cintura cap avall. Els soldats esclafiren en rialles de veure el jove amb les vergonyes a l'aire. Jaume ni es va moure. La punxada que sentia a la nou del coll el tenia paralitzat. I Ihsan, que s'havia quedat a terra sense gosar alçar-se, mirava atònit el seu servent mig despullat, forçat a mostrar a tots un penis no circumcidat.

–Encara serà de veres que ets cristià –va comentar un soldat.

–I com és que tens cara de moro? –preguntà el caporal.

–Perquè m'assemble a ma mare. Sóc fill d'una cristiana nova i d'un cristià vell. Nasquí i he viscut a Tortosa fins fa uns mesos.

–I què fas a València?

–Mon pare hagué de fugir, no sé el motiu –va mentir–, i vinguérem cap ací.

–Un cristià renegat! Això és pitjor que un sarraí. Mateu-lo!

–Espera, Sarrià! –cridà un soldat.

Dels homes que restaven al pati de la figuera, s'avançà Bernat. Havia sentit sorprés la història que contava aquell sarraí que resultava ser un cristià fugit precisament del seu poble. Amb incredulitat, començava a plantejar-se una possibilitat inimaginable. Va mirar Jaume a la cara. Encara que feia quasi dos anys que no el veia, va reconéixer el seu germanastre en el jove de barba incipient que tenia davant.

–Què et passa a tu ara, que goses donar ordres? –preguntà Sarrià.

–No et done ordres, però crec que seria un error matar-lo –es justificà Bernat–. És un cristià amb aparença de sarraí. Pot entrar a la ciutat sense alçar sospites i donar-nos la informació que li demanem. No trobes que ens serà més útil viu?

–Escolta, caganiu, ningú t'ha demanat el teu parer. Si tornes a contradir-me, acabaràs pitjor que aquell inútil de la crossa –el va amenaçar, abans de girar-se cap a Jaume–. Mateu-lo!

–Sarrià, no ho faces! –va tronar la veu d'en Cornell–. Viu ens serà de més ajuda. A més d'espiar, sembla que pot fer-nos d'intèrpret.

–Però capità, és un sarraí, per molt que diga que no.

–No sigues ruc! –el va tallar–. Endús-te'l i que et diga quins conills i pollastres estan per a matar. Vigila que no et prenga el pèl, però no li descarregues la mà. Entesos?

–Sí –va contestar el caporal, molt dolgut per la renyina que li havia fet en Cornell.

Van fer traure dues mules i les enganxaren als carros, que carregaren un munt d'animals, verdures i cereals que guardaven a la barraca. Per fer palesa la seua condició d'invasors, el capità va deixar que els homes es divertiren destrossant amb les espases les collites d'alguns camps. Finalment, es disposaren a partir.

–Digues al teu amo que tornarem –va dir Cornell–. Si veiem el més mínim indici que ens faça pensar que d'ací han eixit provisions cap a la ciutat, cremarem la vil·la amb tots dins.

Jaume va traduir el que li havien dit. A penes acabar, Sarrià li agafà les mans i li les va nugar.

–Què feu? –va preguntar confús.

–No et donarem l'opció que pegues a fugir.

–Què?

El caporal no li va contestar. Quan acabà d'amarrar-li les mans, li passà la corda pel coll sense atendre les protestes del xic que, de sobte, va copsar el que ocorria.

–On em voleu dur?

–Al campament. No dius que ets cristià? Doncs te'n véns amb els cristians.

Jaume es va girar i va buscar l'amo jove entre els homes asseguts al banquet. Els havien obligat a quedar-se allí mentre els soldats carregaven els carros amb els animals i els fruits i verdures que havien trobat.

–Ihsan, se m'enduen! –va cridar, aterrit–. M'han fet presoner!

No pogué escoltar cap resposta perquè Sarrià li amollà una punyada a la cara mentre maleïa i l'advertia que no volia tornar a sentir una paraula que no poguera entendre. De seguida pegà un estiró a la corda i li manà que isquera al camí. Si haguera pogut mirar arrere, hauria vist una imatge cruel: Umar exterioritzava amb un somriure la satisfacció que sentia en veure desaparéixer Jaume.

L'alegria del capatàs contrastava amb la desolació d'Ihsan. Havien passat massa coses en molt poc de temps. Encara tremolava pensant que havien estat a punt de matar-lo. Els soldats li furtaven tot el que podien, i pensaven tornar. I el servent, amb qui confiava plenament, resultava ser un traïdor encara que no ho pareguera. No estava circumcidat i, a més, parlava la llengua dels cristians. A pesar de tot, li dolia que el feren presoner. Per damunt de les emocions confuses, un sentiment de soledat el va deixar totalment abatut.

Abans de partir, Cornell va preguntar a Jaume si coneixia un camí per on els carros pogueren tornar al sud de València, on estava el campament. El presoner els va guiar. Caminava amb la soga al coll, seguit dels soldats a cavall, però en eixir de l'alqueria d'al-Borai'ya, amb la ciutat ja a la vista, el capità va manar que passara a la rereguarda, juntament amb els carros, i va dir a Bernat que es fera càrrec d'ell. Va ser aleshores quan pogueren parlar.

–Encara no saps qui sóc? –va preguntar el soldat–. Mira'm a la cara.

–Bernat! –exclamà, en reconéixer el germanastre.

–Com has arribat fins ací?

–Vam vindre a la tardor. Fugirem de Tortosa perquè un agutzil ens va amenaçar.

–On està el pare?

–Va anar cap al grau. Tornà un dia a veure'm, però jo no hi estava.

–Digues la veritat –demanà Bernat–, t'has convertit a l'islam?

–No! M'he criat a Tortosa i sóc cristià, tu ho saps molt bé, però ací he hagut d'aparençar que sóc musulmà. La mare me n'havia parlat dels costums i les creences.

–Doncs hauràs d'oblidar-ho tot, si no vols que t'arranquen la pell.

Van guardar uns moments de silenci, cadascun amb els seus pensaments. Després de tot el que havia passat a la vil·la, Jaume caminava més lleuger. Encara que quasi no s'havien tractat des que nasqué, tindre el germà quan més a soles se sentia l'alliberava un poc de la tristor que l'oprimia. El soldat, des de damunt del cavall, el mirava de reüll. No li resultava indiferent tampoc. Per les venes del presoner corria la mateixa sang que per les seues.

–Bernat, gràcies per salvar-me la vida –li va dir mentre es detenia, amb tota la sinceritat que li va eixir del cor.

–No et pares. I recorda que és millor per als dos que no sàpia ningú que ens coneixem.

–Que ens coneixem? –exclamà Jaume, sorprés–. Som germans!

–Només de pare –precisà el soldat–. I quin pare!

A Jaume li va doldre molt el menyspreu que vessaven les paraules que acabava de sentir, per això gosà replicar.

–Llorenç Cases ha sigut un bon pare per a mi. A tu et van separar d'ell. Ta mare era cristiana i la meua, musulmana; ta mare està morta i la meua està viva. No es pot triar. Creus que jo he escollit ser el teu presoner? –el jove tornà a parar-se i reclamà la mirada del germanastre–. Així i tot, m'alegre de trobar-te. Fora de la vil·la, ets l'única persona a qui puc aferrar-me per no afonar-me en un pou sense eixida, simplement perquè ets el meu germà, encara que quasi ni et conega.

Bernat es va sentir incòmode. Aquell jove que el mirava i lluitava per contindre les llàgrimes començava a despertar un afecte que mai no havia sentit per ell.

–Va, no et preocupes, que tot anirà bé. Si no provoques Sarrià, no tindràs problemes. El nostre cosí Roger, el fill de l'oncle Guillem, també està ací. Els dos et protegirem.

Els dies a Russafa foren un turment. Bernat se n'anava de reconeixement amb els soldats i Jaume es quedava a soles, fent les faenes que li havien manat. Era el criat de tots i per a tot. Sarrià l'humiliava i el ridiculitzava sense cap mirament. Ni el germà ni el cosí podien fer massa per ell. Només el capità en Cornell el rescatà un parell de vegades de l'infern, quan el cridà perquè fera d'intèrpret en l'interrogatori a uns sarraïns que havien capturat intentant furtar menjar per la rodalia del campament.

En passar una setmana, Jaume va ser cridat per n'Hug de Montcada. En presència del noble, un capità que no coneixia li va explicar la missió que li encomanaven. Havia d'entrar a la ciutat, com si fóra un llaurador que anava a refugiar-se dins de la medina. Després, demanant almoina al voltant de l'alcàsser, havia de parar atenció a les converses que mantenien senyors i militars. Interessava saber amb quants homes comptava València per a defendre's i quant de gra restava a l'almodí per a suportar un setge. Quan obtinguera aquella informació, devia buscar la manera d'eixir de la ciutat i tornar al campament.

De poc se'n va sense parlar amb Bernat, qui no pogué ocultar la preocupació en assabentar-se de la missió, sobretot quan el germà es va sincerar.

–No sé si ens reunirem de nou. Ni tan sols estic convençut d'entrar a València i no pegar a fugir. Si no ens tornem a veure, vull que busques el pare i li contes que m'has vist i, sense que se n'adone ma mare, fes-li entendre que no he abandonat la nostra religió.

–Ens tornarem a veure, n'estic segur. Tu ets llest i no ens defraudaràs.

A poqueta nit el van deixar al nord de la ciutat, a prop de l'alqueria de Benimaglet.[52] Havien descartat l'entrada pel sud, ja que als sentinelles els haguera semblat estrany que un pobre musulmà que fugia dels cristians vinguera precisament d'on aquests tenien el campament. Jaume no volgué acostar-se molt a les cases, però hi havia una barraca un poc separada que semblava estar deshabitada. Molts llauradors havien abandonat les seues llars per buscar la seguretat del recinte tancat de la medina. Es va acostar i, en no veure ningú, s'acomodà en un gran paller que hi havia vora la casa. Era un bon lloc per a dormir fins a l'alba, quan havia d'entrar a la ciutat. Tanmateix, la son no el va véncer. El jove es desvetlava angoixat pels dubtes i els conflictes que l'assaltaven.

La foscor avivà una idea que totes les nits li passava pel cap: pegar a fugir. Ell no volia ser soldat, i encara que havia trobat son germà, només pensava a tornar a la vil·la, amb Ihsan i la gent que l'apreciava. Però alhora, se sentia malament si s'escapava i no entrava a la ciutat, no tant per quedar com un covard, sinó perquè allí estava Farah, i es moria de ganes d'abraçar-la. No obstant això, l'opció era molt complicada. El iaio Abdullah li havia deixat clar que no el volia a la casa i, a més, qualsevol membre de la família el podia reconéixer pel carrer. A la tristor que l'envaí per la dificultat de veure l'estimada, s'afegí la tensió del conflicte que vivia: si s'unia als cristians, perjudicava aquells que l'havien acollit; si protegia els musulmans, traïa el seu germà i la seua religió. La vida el tornava a posar a prova,

52. Actualment, Benimaclet, barri al nord de València.

amb més duresa cada vegada. No podia més. Estirat a la palla, boca avall, s'abandonà a un plor sense consol.

Quan es va asserenar un poc, es girà i es va quedar mirant el cel. I en aquell cel ras va trobar la resposta que buscava, enllumenant les ombres. Recordà els mesos passats, quan l'arribada de la lluna plena suposava la tornada del iaio amb una pista de l'enigma, o la visita de Farah, per banyar-se amb aigua marina. Sense possibilitats d'estar amb ella a València, tingué clar quin era el seu lloc. Aquella lluna plena, que també lluïa hui,[53] li assenyalava el camí. Donà les espatles a la ciutat i començà a marxar. No va tardar gens a trobar un caminal que el duia cap a al-Borai'ya.

53. Era la nit del dia 14 del ramadà, que es correspon amb el 30 d'abril de 1238.

CAPÍTOL 11

Encara que no oblidava que l'havia enganyat, fent-se passar per musulmà, Ihsan trobava a faltar Jaume, sobretot ara que Jamal estava convalescent pels colps que li havien pegat els soldats. L'amo jove desitjava que tornara el servent, i un matí es complí el desig. El va veure arribar, i reflectia a la cara el patiment dels últims dies.

–Yaqub, has tornat! –va exclamar, amb l'alegria espontània que va sentir.

–M'he escapat de les urpes de l'enemic! –va tindre l'humor de cridar.

–No cal que seguisques mentint –digué, recuperant la serietat–. Ets un cristià, com ells.

–Sóc cristià, però no sóc com ells –intentà justificar-se–. Jo no vull fer cap mal a ningú. No tinc res contra vosaltres. De fet, ma mare és musulmana.

–En canvi, fa mesos que fingeixes que reses a Al·là i m'has ocultat que saps la llengua cristiana. Per què ho has fet? Qui ets realment?

–Em diuen Jaume. He aparençat ser musulmà perquè m'acceptàreu...

–Si algú amaga la seua identitat, és perquè té males intencions –afirmà l'amo jove–. Per a què aquest engany? Per a robar-nos? L'estima que ens has mostrat és per a aprofitar-te'n?

–Et jure que no pretenc res. Arribí ací de casualitat. Ton pare em donà treball i em demanà que et guarira. T'he cuidat molt a gust. El meu afecte ha sigut sincer, creu-me!

–No puc. M'alegre que hages tornat, però res no serà igual. No confie en tu.

Jaume no va replicar. Ihsan tenia raó, encara que no sabera que a qui vertaderament havia traït era als cristians.

–Per cert, el mateix dia que se t'endugueren els soldats, va vindre ton pare. Semblava molt preocupat. Quan entengué el que havia passat, se'n va anar molt desanimat.

–Potser hauria d'anar al grau a veure'ls...

Ihsan estigué a punt de pregar-li que no ho intentara, que si li passava alguna cosa, ell no suportaria quedar-se a soles, però el ressentiment vers el cristià li impedia expressar-se amb la franquesa d'abans. Com que l'amo jove va callar, Jaume se'n va anar a l'estable i es posà a arreglar els animals. Era el ramadà, i amb el sol fora no podia desdejunar-se. Encara que s'havia descobert com a cristià, estava decidit a seguir els costums de la vil·la, com abans. No menjaria fins a la nit. Al cap de poc vingué Salim. De primeres, s'alegrà de veure el criat, però es va mostrar distant i poc xarrador. Fou un dia difícil. Amb l'assalt dels soldats, la meitat dels homes havia pegat a fugir i Umar, davant la prostració de l'encarregat, era qui manava a la vil·la. El servent recelava que el farien tornar al dormitori dels treballadors però, per sort, els seus coneixements en curacions li van obrir unes noves portes.

–Yaqub, vine a la barraca –li va demanar l'amo jove–. Et necessite.

L'alegria que s'endugué Jamal en veure Jaume li va canviar la cara per complet, encara que semblava haver envellit en pocs dies. El servent el va reconéixer i deduí que tenia algunes costelles trencades. No sabia què calia fer, i així li ho digué a l'encarregat, però aquest li féu saber que es conformava que li rebaixara el dolor, que el mortificava i no li permetia trobar una posició còmoda per a descansar ni de nit ni de dia.

–Li posaré un ungüent de mel i arrels de plantatge i no li farà tant de mal, i li embenaré el pit perquè bellugue els músculs el menys possible. Si de cas, li faré una infusió de cascall, que li permetrà reposar per molts dolors que tinga.

–Fes el que siga menester –disposà Ihsan–, i dormiràs a la barraca, per cuidar-lo.

Al cap de pocs dies, quan semblava que tot tornava a la normalitat, els va sobresaltar una nova visita dels cristians. Els dos joves es trobaven a la conillera i el servent, en no tindre temps d'escapar, es va amagar darrere d'un muntó de garbes d'herba, just quan entrava un soldat que, en adonar-se del torbament d'Ihsan, desembeinà l'espasa i anà directament cap a ell.

–Què et passa? Què hi amagues? –va preguntar amb agressivitat.

No obtingué resposta, però va tindre una intuïció que hagué de confirmar en veu baixa.

–Jaume està ací?

Ihsan va negar amb el cap. Entengué què li preguntaven en reconéixer el nom del servent. Amb gestos, va intentar dir que no l'havia vist des que se l'endugueren.

–Digues la veritat, si no vols que et travesse –va dir, mentre l'amenaçava amb l'espasa.

–No ho faràs! –cridà Jaume, que isqué de l'amagatall i s'interposà entre l'amo jove i la punta de l'arma–. Mata'm, si vols, perquè aquesta vegada em deixaré la vida abans d'abandonar la vil·la.

–Estàs boig! –va exclamar el soldat, que no era un altre que el germà, fent-li senyal perquè abaixara la veu–. Ara ja no pots vindre amb nosaltres. Ets un traïdor. Si et troba Sarrià, et matarà de seguida. Amaga't ràpidament, i vés amb compte.

Bernat va gesticular a Ihsan perquè agarrara algun conill, i al cap d'un moment entrà Sarrià.

–Vaja! Tenim ací l'amo –va dir, sorneguer–. I tu què fas amb l'espasa?

–L'he atemorit un poc perquè em diga quins animals hem d'endur-nos.

Quan carregaren les provisions que necessitaven, se'n van anar. Aquesta vegada no destrossaren cap collita. No els convenia. En perdre'ls de vista pel camí d'al-Borai'ya, Ihsan va anar a avisar Jaume i el va abraçar. No entenia l'estrany comportament del soldat, que va semblar més un amic que un enemic, però no es llevava del cap que, quan l'amenaçava amb l'espasa, el servent es posà pel mig, disposat a impedir que el mataren. Aquella acció va suposar que es normalitzara la relació entre els dos joves. L'amo va recuperar la confiança en l'assistent, que tornà a entrar a la casa. No quedava ningú de la família i els dos sopaven al menjador, i consolidaven una amistat que les dificultats havien enfortit per damunt de les diferències de condició social i de religió que els separaven.

Els dies, cada vegada més llargs i calorosos, es feien molt pesats. Els xics havien de treballar també per la falta d'homes, i passar-se el dia sense menjar ni beure era tot un patiment. Tanmateix, va acabar el ramadà,[54] cosa que celebraren a la nit tots junts, amo i treballadors, amb un sopar prou abundant, malgrat les circumstàncies. I l'endemà al matí, quan els joves arreglaven els animals, van tindre una visita inesperada.

–Pare! –va cridar Ihsan.

Kadzim es trobava a la porta de la conillera. Havia eixit de Balansiya de matinada i, amb molta precaució i sort, havia seguit marges i séquies per tal de creuar l'horta propera a la ciutat sense que el veren els soldats. Esquivant camins, havia arribat al rafal[55] per l'extrem de ponent i havia seguit el curs del riu per entrar a la vil·la per la banda de dalt. Pare i fill es van abraçar efusivament i es preguntaren l'un a l'altre com anava tot. Ihsan li va contar per damunt allò que havia passat amb els soldats, però suavitzà el relat. Amb tot, Kadzim es quedà preocupat, encara que Jamal aclarí que semblava que havien arribat a un pacte tàcit amb els cristians, ja que en l'última visita havien replegat queviures sense destrossar res.

Poc després, els dos joves eixiren a cavalcar per l'horta i l'amo se'n va anar a parlar amb l'encarregat. Volia que l'informara sobre l'estat de les collites que havien pogut mantindre i calia deixar diners per a pagar els homes i per

54. Diumenge, dia 16 de maig de 1238.

55. Explotació agrícola de dimensions variables, amb els camps, la casa de l'amo i les instal·lacions annexes.

a comprar el que fóra necessari, si no era massa perillós anar a alguna de les alqueries de la rodalia.

En tornar, Ihsan va entrar a la casa a buscar son pare. Tenia ganes d'estar amb ell i contar-li més detalls de com havia assumit el paper d'amo durant les últimes setmanes. Jaume va dur les haques al baixador de la séquia. Mentre els animals bevien, Umar va eixir de la barraca i, en veure el servent a prop, es va alarmar. Acabava de guardar el sou que li havia pagat l'amo en una gerreta amagada entre les llavors i va pensar que Jaume se'n devia haver adonat. Va començar a maleir i a cridar que s'enduguera els animals a la quadra.

Al migdia, Kadzim acceptà de bon grat que el servent dinara amb ells al menjador. De fet, confiava en el seu suport per convéncer son fill que deixara la vil·la i es refugiara a la ciutat. Per contra, Ihsan es mantingué ferm com el primer dia. Ja era major d'edat. No el podien obligar a anar-se'n. Volia quedar-se i no canviava d'opinió. El pare no s'hi resignava, per molt que li diguera que les alqueries i torres del voltant s'havien retut i que els cristians només volien abastir les tropes de provisions i que cap aliment arribara a la ciutat assetjada. Llavors, el fill decidí contar-li la revelació que havia fet Jaume dies abans.

–El soldat que ens va ajudar és germà de Yaqub –va dir.

–Què dius? –preguntà Kadzim, incrèdul.

–La veritat –confirmà el servent–. És fill de la primera dona de mon pare. No el reconeguí quan vingué, però ell a mi sí. Jo... jo sóc cristià, encara que ma mare va intentar inculcar-me la fe musulmana, que és la religió que practiqueací, però a Tortosa era cristià.

–Per això el seu germà va deixar que s'amagara quan va tornar! –aclarí Ihsan.

–Els soldats volien que fera d'espia a Balansiya, però em vaig escapar –explicà Jaume al pare–. Si s'assabenten que no he entrat a la medina, em consideraran un traïdor. Per aquest motiu, el meu germanastre no m'ha descobert als ulls del caporal, i no permetrà que ens facen mal. M'ha avisat que solen eixir a buscar queviures a primera hora del matí, i que per ací vindran cada dues setmanes. Si els donem provisions, no hi haurà cap problema.

Kadzim hagué de cedir. L'aliat que buscava en el servent estava de la part del fill. Almenys, va aconseguir el compromís que apostarien un guaita a la terrassa les primeres hores del dia, perquè els advertira de la vinguda dels cristians, a fi que Jaume poguera amagar-se i fugir d'una mort segura si el trobaven. Ihsan es mantingué ferm en el propòsit de no ocultar-se i donar la cara davant dels assaltants. A poqueta nit, quan inicià el camí de tornada, el pare tenia clar que el fill donaria la vida si calguera per tal de no eixir de la Vil·la Nova.

El final de la primavera va dur una nova faena per als joves. Calia replegar ja la mel i la cera i, com que Ihsan no podia apanyar-se amb una sola mà, el servent hagué de véncer la por a les picades i treballar al costat de l'amo. Es van posar guants i una mena de casc fet amb tiges de jonc i recobert amb una tela de gasa. Després van cremar palla amb pinyols i restes del premsatge de les olives que replegaven de l'almàssera, perquè el fum feia que les abelles s'agruparen i podien treballar millor. Els ruscos estaven fets dins de troncs buits i, amb molta cura, separaren trossos de bresca, no massa, per tal que pogueren refer el buc. Ja a la vil·la, disposaren les porcions boca avall sobre uns llibrells, a fi que s'escorreguera la mel. L'última tasca era la més divertida: posaven cada tros dins d'un perolet que nugaven a unes cordes i el feien girar enlaire perquè acabara de buidar-se.

–Que no se t'amolle –l'advertia l'amo jove–, que perdrem la mel i el perol.

–No et preocupes, que a Tortosa manejava la fona millor que ningú. Encertava qualsevol blanc amb una punteria envejable.

–No cal que demostres la punteria que tens. Si buides bé les cel·les, és suficient.

–Mira, mira quina traça que tinc –presumia.

En això, la corda es va afluixar i el recipient va volar fins a impactar just en el cap d'Ihsan. Jaume va esclafir a riure i acabà contagiant l'amo, que, com podia, es torcava la mel que se li esmunyia entre els cabells.

Després, van dur els trossos de bresca buits a l'obrador del iaio, on els fondrien per extraure la cera i fer els ciris. Van acabar la vesprada al baixador de la séquia, on Ihsan es rentava els cabells apegalosos mentre Jaume el capbussava i es mullava ell també. Eren les estones divertides que gaudien de tant en tant i que els feien oblidar la contesa bèl·lica.

Tanmateix, les visites periòdiques dels soldats els feien tornar a la realitat. Quan el sentinella de la terrassa els veia vindre, donava l'alerta, i Jaume corria cap a l'assut del riu, el creuava i seguia fins als ruscos, que eren un bon amagatall, ja que estaven situats a prop de la marjal, un lloc gens transitat, i a més, amb la defensa natural que suposava l'amenaça de les picades de les abelles. Bernat sempre buscava l'ocasió de quedar-se a soles amb Ihsan per preguntar-li, i aquest li repetia les paraules que havia memoritzat.

–Jaume es troba bé –li deia.

–On s'ha amagat?

–Al riu –mentia, quan aconseguia entendre la pregunta.

Els cristians respectaven el criteri d'Ihsan, que sempre els proveïa de conills i pollastres, però mantenint al marge les cries i femelles suficients per a assegurar l'abastiment futur. També s'enduien productes de la terra, no molts, perquè la meitat dels camps estaven per treballar a causa dels homes que havien fugit. Només deixaren de servir-los forment, ja que el poc de gra que quedava el va amagar Jamal per poder alimentar els treballadors. Bernat i el seu cosí Roger temperaven els ànims dels companys, els quals no causaven cap destrossa en veure que els habitants de la vil·la es prestaven a col·laborar i els oferien regularment una bona quantitat de provisions. Fins i tot, el visceral Sarrià semblava amable. En moure els soldats, la rutina es restablia i la guerra passava a un segon pla.

I així ho va veure Kadzim, que, en tornar a la Vil·la Nova, tingué ocasió de comprovar com de bé s'apanyaven Ihsan i Jamal per dur endavant el rafal. Va arribar a pensar que, potser, aquell era un lloc més segur que no la ciutat, en ple setge. Era palesa la felicitat que vessava pels ulls del fill. No sols superava amb ànim les limitacions de la invalidesa, sinó que les dificultats de la situació l'havien fet fort. Havia madurat com a persona, i el suport de Jaume era fonamental. Entre els joves es consolidava dia a dia una relació que, deixant arrere la barrera entre l'amo i el criat, els unia i omplia el buit que provocava en els dos l'absència de la família. Ihsan es va quedar bastant tranquil quan va acomiadar son pare, en veure que se n'anava més resignat que la vegada anterior. Jamal no li va contar que, quatre dies després, vingué un criat des de Balansiya preguntant per Kadzim. No havia tornat encara a casa. No van saber d'ell mai més.

Qui sí que tornà va ser Llorenç Cases. El pescador va arribar un matí a la platja, i en reunir-se amb el fill, després de dos viatges frustrats, es va endur una gran alegria. Feia nou mesos que no el veia i el trobà molt crescut. Jaume també se n'alegrà molt i no parava de preguntar per la mare, però quan el pare l'avisà que la veuria prompte perquè planejaven una pròxima fugida cap al sud, el fill li va dir amb franquesa que no tenia clar si, arribat el moment, voldria anar-se'n de la Vil·la Nova. I així li ho va repetir quan s'acomiadaren. L'amistat amb Ihsan era un lligam molt fort, i no es desfaria fàcilment.

I és que els dos joves s'avenien millor que si foren germans. S'ajudaven l'un a l'altre a tothora, prenien decisions conjuntament i també compartien inquietuds i opinions en les converses que mantenien quan eixien a passejar per l'horta. Només les discrepàncies en matèria religiosa mantenien certa prevenció per part d'Ihsan, però a poc a poc es feia més comprensiu amb les creences del cristià. Un matí calorós, Jaume el va convéncer per anar a banyar-se al riu. L'amo jove deia que tenia por de les onades de la platja, en canvi, les aigües dolces i manses d'un lloc anomenat el Clot de l'Estrela eren una temptació massa abellidora per a guardar el costum musulmà de no banyar-se per immersió.

–Als banys públics et rentes nu amb draps mullats –li deia Jaume–. Ací, en lloc de banyar-te a poc a poc, et submergeixes tot sencer en l'aigua fresca. Què té de dolent?

Ihsan va accedir finalment. Es va despullar i entrà al riu recolzat en el servent, perquè la crossa relliscava entre els llimacs. En realitat era el seu primer bany i va gaudir com un xiquet xicotet, malgrat quatre esvarons que el feren capbussar-se, encara que el servent l'ajudava de seguida a incorporar-se.

El bany els va deixar nous i es van gitar sobre l'herba per eixugar-se. Estaven ben a gust, l'amo jove, amb la sensació d'haver transgredit una norma i no sentir penediment, i Jaume, satisfet per veure que l'amic havia perdut uns escrúpols que li semblaven incomprensibles, com la negativa a submergir-se o la vergonya de mostrar-se nu davant d'ell. Per això li va parlar obertament sobre un tema que abans no hauria gosat tractar.

–Per què els musulmans vos feu la circumcisió? –li va preguntar.

–És un costum de fa segles.

–Et va fer molt de mal?

–No molt, supose. Tenia sis anys.

–Però per quin motiu ho feu?

–Crec que el iaio em va explicar que és per raons higièniques. L'únic que recorde és que em van fer una festa i que estava molt content.

–Vaja! I si se'ls en va la mà amb el ganivet? Quina alegria! –comentà burleta Jaume–. Adéu a la descendència d'Ihsan ibn Kadzim.

–I tu què? Qualsevol dia se't podrirà per no poder llavar-te bé. No crec que a Farah li agrades si tens el pardal mort –replicà l'amo jove, entre rialles.

Es quedà parat. A Ihsan no li havia passat desapercebut el que sentia per la cosina, encara que ell no li ho havia contat. La cara de Jaume va dibuixar un somriure melangiós.

–Creus que li agrade de veres?

–Pense que et mira amb bons ulls, però...

–Però jo no sóc prou bo –es va lamentar.

–No digues bajanades! Llevat dels meus pares i Abdullah, ets la persona més bona que he conegut mai: ets noble i treballador, i tens un cor que no et cap al pit. Si no fóra per tu, jo encara estaria postrat a la màrfega. El iaio m'arribà a dir que ets un regal que m'ha enviat Al·là. El que passa és que estàs boig per ella, tan boig que no entens que no hi ha res a fer. El marit, el tria el pare –va sentenciar Ihsan.

–És un altre dels vostres disbarats. Ella no vol el carnisser! No penses que obligant-la a casar-se amb qui no estima la condemnes a ser infeliç? És absurd!

–Em diràs que els cristians no busqueu la conveniència en els matrimonis?

–Els pobres, no. L'única riquesa que tenim és l'estima de l'un per l'altre.

–Sigues sincer, Yaqub. Si tingueres una filla, et conformaries que li donaren només amor, sense buscar-li un bon dot?

–Li deixaria triar la persona que més li agradara. Els diners no importen tant.

–Ah, no? Creus que es casarà algú amb mi si no és pels diners de la meua família? Penses que alguna xica voldrà passar la vida amb un invàlid com jo?

–Ei! No digues això! –protestà el servent.

Ihsan va abaixar el cap amb els ulls humits. Havia aguantat amb molt de coratge la mutilació del cos i es defenia millor dia a dia, tanmateix, el futur com a home no el veia tan esperançador. Jaume va sentir llàstima i s'apropà, però l'amo va rebutjar el consol.

–Acosta'm la roba –demanà, girant el cap.

Van restar en silenci mentre es vestien i pujaven a la senda que vorejava el llit del riu. Ja dalt, en terreny pla, el servent va reprendre la conversa.

–Si poguera, et passaria un cama i un braç dels meus.

–Ho dius per compassió.

–Ho dic perquè voldria que em veres a mi com jo et veig a tu. T'ho pots imaginar?

–Bé –va dir Ihsan –. M'imagine que has patit un accident i et falta un braç i una cama.

–Aleshores, creus que deixaria de ser tan bona persona i tot això que m'has dit?

–No... –va contestar, sense saber què replicar.

–Mira, el que importa de veres és allò que som, no l'aspecte que tenim. T'has guanyat la meua estima per com ets. Et vull com si fores un germà, més que a Bernat, que és alt i fort i du la mateixa sang que jo.

–I no penses que les xiques sempre trobaran un Bernat abans que a mi, i que poden passar segles fins que una em puga veure com tu dius? –va exagerar l'amo jove.

–Tens pressa per casar-te? Només tens quinze anys!

–Tu ho has dit: ja sóc major!

–No deu ser que tens ganes de jaure amb una dona?

–Això sí que s'aconsegueix amb diners –afirmà Ihsan, somrient–. A l'estiu, quan s'allarga el dia, els treballadors van de vegades al grau. Els he sentit parlar de dones que es giten amb qualsevol que els pague una moneda de coure o els duga queviures.

–Doncs ja està! –bromejà Jaume–. Quan torne mon pare, li diem que ens porte allà.

Tanmateix, no va tornar el pare, sinó la mare. Feia cinc dies que havien celebrat la festa de l'any nou i era el quart creixent del mes de muhàrram.[56]

–Mare! Mare! –va cridar Jaume, eixint-li al pas en reconéixer-la.

–Yaqub! –cridà ella, mentre corria cap al fill.

Es van fondre en una abraçada que no acabava mai. Zahira el mirava, li deia que estava fet un home i el tornava a prémer entre els braços, mentre es preguntaven mútuament com els havia tractat la vida durant els mesos en què havien estat separats. Van tardar una estona a adonar-se que hi havia un espectador al llindar de la porta.

56. El dia 19 d'agost de 1238. L'any que acabava de començar era el 636 de l'hègira.

–Mare, aquest és Ihsan, el meu amo i el meu amic.

–La pau siga amb vós –la va saludar.

També va eixir Jamal, que li oferí aigua fresca, igual que la primera vegada que va arribar a la vil·la. Però tots dos es van quedar de pedra en sentir el que deia la dona.

–He vingut a buscar-te, Yaqub. Ens n'hem d'anar. Han fondejat moltes galeres a la badia; diuen que les ha enviades el rei de Tunis per socórrer Balansiya. Fa dues nits encengueren fogueres als vaixells i van fer sonar els tambors per impressionar els cristians, però aquests, en lloc d'atemorir-se, van fer focs a prop de la muralla i també tocaren els tambors. Tinc molta por, fill. Quan desembarquen, ens quedarem entre els dos focs. Cal fugir aquesta nit. No podem quedar-nos ni un dia més. Buscarem refugi a Cullera.

Un silenci descoratjador es va escampar pel pati mentre totes les mirades confluïen en Jaume, que notava com se li accelerava el pols i se li feia un nuc a la gola. Es va deixar dur pel desassossec que li produïa la lluita interior que lliurava i es posà a sanglotar. La mare el tornà a abraçar, mentre Ihsan i Jamal el miraven compassius.

–Mare... No puc anar amb vosaltres. He passat molt de temps desitjant que tot fóra com abans, però ara m'he de quedar. Dec lleialtat a Ihsan i no l'abandonaré.

–Que vinga amb nosaltres. Balansiya pot caure en poder dels cristians!

–Quan vivíem a Tortosa, ja estàvem sota el seu poder.

–I haguérem de fugir!

–Jo no em vull passar la vida fugint. Sóc mig musulmà i mig cristià. Acceptaré el risc.

–Yaqub, ets l'única família que ens queda. No ens deixes sols! –li pregà Zahira.

–Et jure que quan passe tot aniré a buscar-vos a Cullera.

El comiat va ser el moment més trist que Jaume havia viscut mai. Va veure partir la mare destrossada, i es quedà amb la sensació que, malgrat el jurament, seria molt difícil tornar a reunir-se amb els pares. Es va afonar totalment. Ihsan l'aferrà amb el braç i no pogué evitar que se li escaparen algunes llàgrimes, mentre resava al Molt Misericordiós demanant fortalesa per al servent. Per la seua amistat i, potser, per l'amor impossible de Farah, Jaume havia renunciat a la família, allò més sagrat que el Totpoderós ens havia donat. Va pregar a Al·là que algun dia li concedira l'ocasió de fer per l'amic un sacrifici tan gran com el que acabava de fer per ell. Al cap de poc de temps, les pregàries serien escoltades.

CAPÍTOL 12

Acompanyada d'un criat, Farah havia eixit prompte de casa per tal d'anar a l'almodí i replegar la ració de forment que pertocava a la família. Els mesos de setge a la ciutat quasi havien esgotat la reserva de gra, i el racionament era molt sever. Quan creuava el carrer dels Banu Wàdjib,[57] va veure el seu amic Alí, que caminava cap a la porta de la Casa d'Oració escortat per dos guardians. La cara de sorpresa que va posar provocà que ell es detinguera breument i la intentara tranquil·litzar.

–No et preocupes, no passa res.

–Però on vas? T'han detingut?

–Tinc una missió important que et farà sentir orgullosa de mi –va dir–. Ja t'ho contaré.

Farah es va quedar sense reaccionar. Que ella sabera, Alí no tenia cap relació amb l'exèrcit. Encara que tots els ciutadans estaven obligats a defendre la medina quan atacaren els cristians, de moment no hi havia hagut convocatòria. Què podria ser? A més, deia que se'n sentiria orgullosa...

En eixir del recinte emmurallat, Alí va trobar un genet que l'esperava amb dos cavalls. Van muntar i mogueren

57. Actualment, és el carrer de Sant Vicent Màrtir.

cap a Russafa. En acostar-se al campament enemic, uns altres dos cavallers, aquests cristians, els eixiren al pas i els custodiaren fins al cos de la guàrdia, on el seu acompanyant es va acomiadar.

–Que tingues sort –va desitjar.

–Gràcies –contestà Alí, amb un semblant preocupat.

Havia arribat l'hora de la veritat. En veure partir l'acompanyant, es va dirigir a l'oficial en la llengua cristiana.

–Sóc Alí al-Baqà –va dir, mentre li mostrava un salconduit–. Vinc a parlar amb el rei.

–Bernat, acompanya aquest missatger a la tenda reial –cridà el capità, després de revisar el document i tornar-li'l al musulmà.

El soldat complí el protocol de comprovar que el visitant no duia cap arma amagada entre la roba. Va mirar l'oficial, qui va assentir. Aleshores s'endinsaren en el campament.

–Com és que parles la nostra llengua?

–Vaig nàixer i he viscut molts anys a Peníscola.

–A Peníscola? Hi he estat en alguna ocasió. Sóc de Tortosa.

–Jo també hi he estat. Potser no és la primera vegada que ens creuem –va dir el missatger, en intuir que devien tindre més o menys la mateixa edat.

–Saps? Em recordes el meu germanastre –digué Bernat, espontàniament–. Parla la nostra llengua, però té l'aspecte d'un musulmà. Quan morí ma mare, mon pare es casà amb una mora.

–Sembla que no t'agraden molt els moros...

–Calla, que hem arribat.

El guardià de l'entrada els va barrar el pas. En donar-li les explicacions oportunes, va entrar dins de la tenda per anunciar el visitant.

Alí es va quedar impressionat en veure en Jaume I. Era ros i corpulent i, sense perdre gens de la rudesa que desprenia, tenia un aspecte solemne. Havia fet anar-se'n a tots els que hi havia a la tenda, i encara que estava a soles, s'apreciava la seua superioritat, de la majestat que posseïa el seu port. Després de les salutacions, el musulmà començà la conversa.

–El meu senyor Zayyan ibn Mardanis, rei de Balansiya, m'envia perquè vos comunique que té un missatge a transmetre-vos, i vol que vós respongueu si accepteu parlamentar.

–Digueu-li que respecte la seua grandesa i dignitat, de bon grat escoltaré allò que vulga dir-me.

–Molt l'alegrarà la vostra resposta favorable, però allò que el meu senyor vol tractar és una cosa tan important que no sóc jo qui ha de dir-la. Serà el mateix rais[58] Abú-l-Hamlek, nebot del rei. Si hi esteu d'acord, vindrà ací, sempre que garantiu la protecció a ell i a mi, que faria d'intèrpret.

–Digues al rei Zayyan que rebré amb gust el seu enviat –contestà en Jaume, després de consultar-ho a la seua esposa, la reina na Violant–, i vos lliuraré els salconduits necessaris perquè pugueu vindre al campament i tornar a València sense que ningú vos ho impedisca.

Un cavaller va escortar Alí fins a la ciutat, i també anà a replegar-lo l'endemà, quan tornà per confirmar que el

58. Governador sarraí.

rais visitaria el campament al matí següent. L'assumpte tan important era la rendició, i van caldre dues reunions per a pactar-la, ja que Abú-l-Hamlek hagué de traslladar les propostes del rei cristià a Zayyan, i aquest tardà uns dies a acceptar-les. Les negociacions es van dur en secret per desig d'en Jaume, i només hi va estar present la reina i, per descomptat, Alí, que feia de traductor. Res a veure amb les seues intervencions en les vendes dels comerciants del barri de l'alcasseria. Fou intèrpret d'unes converses oficials que canviarien el futur del regne. Per assegurar la discreció, el jove de Peníscola era obligat a recollir-se a l'alcàsser quan tornava de Russafa, cosa que va provocar una alarma creixent en Farah, que veia passar el temps sense saber res de l'amic.

El rei va reunir els bisbes i nobles que l'acompanyaven i els va explicar que havia aconseguit que la ciutat de València se li retera, per la qual cosa no hi hauria batalla ni saqueig, en haver donat la paraula que deixaria eixir tots els sarraïns que ho desitjaren, respectant-los els béns i la vida. La notícia fou molt mal rebuda pels senyors, perquè suposava perdre l'oportunitat de fer botí, i també va desenganyar els soldats, ja que no podrien arramblar res si no hi havia ocupació per la força. Tot dependria del repartiment que feia el rei entre els nobles.

Les capitulacions van ser signades pels dos monarques al pla de Walaya.[59] El setge havia acabat. Balansiya deixava de ser musulmana i passava a ser València, un nou regne

59. Espai exterior a la muralla, entre l'actual plaça de l'Ajuntament i l'estació del Nord.

cristià. Fou el dia 16 del mes de sàfar.[60] Al cap de pocs dies, els habitants haurien d'eixir de la medina amb els seus béns mobles, i els soldats que abans estaven disposats a morir i a matar per conquerir la ciutat, ara havien de protegir la vida dels mateixos enemics.

Malgrat que la ciutat ja era oberta i es podia entrar i eixir sense problemes, a l'exèrcit cristià se li amuntonava la faena. Al pla de Walaya es concentraven els vençuts que volien anar-se'n, i havien de ser escortats fins a Cullera, a fi de mantindre el pacte que havia signat el rei. A més, hi havia una nova tasca: havien de fer l'inventari de cases. Tanmateix, els homes d'Hug de Montcada continuaren ocupant-se de la seguretat del campament de Russafa, on seguien acampats en Jaume i els nobles.

El jove Bernat estava rebentat. Havia fet guàrdia durant la nit, i en fer-se de dia, no pogué anar-se'n a descansar. Tots els soldats del seu torn van rebre l'ordre de moure cap a la ciutat, ja que hi havia hagut problemes amb uns almogàvers que s'havien apropiat pel seu compte els béns d'algunes famílies musulmanes. Havien contradit les condicions de la rendició, el compliment de les quals era estrictament exigit pel rei. Van haver d'empresonar-ne uns quants, a l'espera del càstig que decidiren els superiors. Fins al migdia no els van rellevar, i fou aleshores quan pogueren tornar a Russafa i gitar-se. Ajagut a la tenda, Bernat se sentia orgullós de participar en la croada. Ell no

60. 29 de setembre de 1238, dia de Sant Miquel per als cristians.

estava desenganyat per no traure botí. Havien vingut a guanyar terreny als infidels, i així havia sigut. Amb aquell pensament, va agarrar el son profundament. Però no tots pensaven igual. Al mateix temps que Bernat s'adormia, el caporal Sarrià va eixir del campament amb dos homes de confiança. No volia desaprofitar una de les últimes oportunitats que tindria per a traure profit del descontrol, abans que les noves autoritats del regne dominaren la situació. Coneixia dos o tres llocs on podia trobar alguna cosa de valor, i cap allí es va encaminar.

Aquell matí, Jamal havia enviat Salim i un altre treballador a Lyria, per replegar l'ametla, si és que els cristians n'havien deixat. S'havien endut el carro i l'última mula que els quedava, per això, quan l'encarregat va demanar a Jaume que collira codonys, aquest hagué d'anar caminant fins al lloc bastant allunyat on estaven els codonyers i tornar menant un carretó ple amb allò que acabava de collir. Tot perquè l'amo jove havia convençut Jamal per fer codonyat, un dels dolços que més li agradava. Quan estaven a la barraca, posant els fruits en basquets, sentiren la veu d'alarma.

–Vénen soldats per vora mar! –va cridar un treballador–. Estan a un tir de pedra!

Es van inquietar. No era aquella la visita que desitjaven. Des que va tornar un llaurador veí, que havia desaparegut quan li arrasaren els camps, i els va avisar que Balansiya s'havia retut, només esperaven veure aplegar la família. Ihsan va intuir el perill.

–Yaqub, fuig de pressa cap als ruscos! –li va ordenar–. No se t'ocórrega tornar fins que no posem un senyal al terrat!

El servent va eixir corrent per la banda de dalt de la vil·la, mentre els cristians ja havien enfilat el camí de la mar cap a la casa. Tots els homes es trobaven al pati de la figuera esperant el dinar i es van atemorir en veure les cares dels assaltants. No auguraven res de bo. Quan Jamal isqué al pas dels visitants, va rebre una furgada d'espasa que el ferí mortalment. L'amo, horroritzat, volgué acostar-se, però no el pogué auxiliar. Mentre l'encarregat es torcia agenollat vora el pont, el soldat va descavalcar i li pegà un puntelló que el féu caure a la séquia. De seguida, va empentar Ihsan fins a la porta de la casa, on esperava Sarrià, que reia sonorament en veure com els treballadors fugien espantats.

–No venim a menjar porqueries –va dir, tombant amb el peu el perol que acabava de traure un criat–. Em donaràs els diners i totes les joies que puga haver-hi amagades per la casa. I no em digues que no hi ha res si no vols que et talle el braç i la cama que et queden.

Ihsan no entenia el que li deia el caporal, encara que s'ho imaginava pels gestos que feia. Amb la vista, buscà Bernat, però no el trobà. Va entrar a la casa, anà al dormitori dels pares i tragué una caixeta d'un amagatall on Kadzim havia deixat els diners l'última vegada que havia estat a la vil·la. Per sort, quedaven bastants monedes i les va lliurar al caporal. Malauradament, no van ser prou per a satisfer Sarrià, que va ordenar als soldats que escorcollaren totes les dependències sense mirament. Allò va ser una veritable destrossa, ho tiraven tot per terra i a espasades estripaven tot el que poguera tindre alguna cosa amagada. Com més trencaven, menys paciència li quedava al caporal. Finalment, es va plantar cara a Ihsan i li féu entendre que, si no treia més benefici, es rescabalaria matant-lo. El jove es desesperava perquè no sabia d'on traure més diners, però aleshores va recordar que a la barraca podia estar la solució. Es féu seguir i, ja dins, es dirigí a la prestatgeria on s'amuntonava la terrissa amb les llavors. Amb gestos, assenyalà unes gerres xicotetes mig ocultes. Les van trencar, i en una va aparéixer un grapat de monedes. Ja no buscaren més. Pensaren que els amos es devien haver endut les joies quan es refugiaren a la ciutat. Muntaren als cavalls i mogueren per on havien vingut.

Ihsan va guaitar a la séquia. No hi havia rastre de Jamal. Com que l'horta estava arrasada, ningú no regava, i el corrent d'aigua era suficient per a arrossegar un home ferit i vell. Desesperat, va seguir el tram que discorria fins a la mar, anhelant trobar l'encarregat encara amb vida, però no va ser així. El toll era prou gran per a engolir-se un cos sense deixar rastre. El jove va tornar a la vil·la baldat, i es deixà caure al banc del pati. Estava desolat i la tensió dels últims esdeveniments s'apoderà d'ell. No entenia el comportament dels soldats, i menys ara que semblava que Balansiya s'havia entregat pacíficament. La soledat més absoluta el va envoltar. Jamal probablement estava ofegat, si no havia mort abans de l'espasada al ventre que havia rebut. Els pocs treballadors que quedaven havien fugit. Salim estava a Lyria i Jaume seguia amagat als ruscos. Quan se sentí recuperat, es disposà a pujar al terrat per posar un avís al servent. Fou aleshores quan va tornar Umar.

–Ja no estan, veritat? –va preguntar amb precaució.

–No, fa una estona que han mogut.

El capatàs es va dirigir directament a la barraca, va entrar i, al cap de poc, va eixir maleint.

–On estan els meus diners?

–Se'ls deuen haver endut.

–I com s'han assabentat d'on els havia amagat?

–Jo què sé! –contestà el jove, de mala gana.

–On està Yaqub? –preguntà, cada vegada més enrabiat.

Ihsan, que va percebre en el to de veu del capatàs tot l'odi que sentia pel servent, li va contestar amb prudència.

–Li maní que s'amagara, i encara no ha tornat.

–No ha tornat? –digué desconfiat–. Qui m'assegura a mi que no ha dit als soldats on estaven els diners, o, fins i tot, que no ha sigut ell qui els ha furtat aprofitant la confusió?

–No digues bajanades. Ho han agarrat els cristians.

–Em sembla massa casualitat que hagen escorcollat només aquelles gerres i hagen deixat les altres intactes!

–Vés tu a saber!

–Clar que ho sé! Algú els ho ha dit, i no ha pogut ser ningú altre que el fill de puta de Yaqub, que també és cristià –cridà embogit–. Digues cap on ha anat, perquè no pense quedar-me quiet. Vull recuperar allò que és meu i pagarà car el que ha fet.

–Ell no ha fet res!

–De res li valdrà que el defengues –va advertir–. Està als ruscos, veritat?

–No! –mentí Ihsan–. No sé on està, però no ha parlat amb els soldats.

–I com estàs tan segur?

El jove no s'ho pensà molt. Umar necessitava un culpable i havia triat Jaume. Era capaç de qualsevol bogeria, i calia detindre'l abans que fóra massa tard.

–He sigut jo qui ha dit als soldats on estaven els diners –va amollar de sobte.

El capatàs es quedà de pedra. Mirava l'amo jove amb incredulitat mentre es posava roig de la ira que se'l menjava. Es va acostar amenaçador a Ihsan, i aquest es va justificar.

–Què volies que fera? No tenia una altra opció. Gràcies a aquelles monedes he salvat la vida –va explicar–, i la teua també. Estaven disposats a arrasar-ho tot. Han matat Jamal!

–Quina llàstima que no t'hagen matat a tu, malparit! –va cridar fora de si.

–Com goses parlar-me així? –s'envalentí–. Has oblidat que sóc el fill de l'amo?

–Ets un malcriat que mereixes que et donen una lliçó –va dir, mentre treia una daga i li l'acostava a la cara.

El jove no s'acovardí. Lluny d'això, va alçar la crossa i llançà un colp al braç, en un intent de desarmar-lo. Umar va perdre el poc de seny que li quedava. Amb l'odi vessant-li pels ulls, va pegar manotada a la crossa.

–Encomana't a Al·là, «amo»!

Li va clavar el coltell fins al mànec, i encara tingué la crueltat de menejar-lo per fer la ferida més letal. Ihsan, amb els ulls desorbitats, va caure a terra mentre un intens dolor li pujava des de la panxa fins al pit. Umar es quedà quiet i alenant com una bèstia i, fora de si, va maleir en veu baixa abans de pegar a fugir.

Jaume estava desesperat. Al terrat de la casa no posaven cap senyal, i ja havia passat temps de sobra perquè els soldats hagueren carregat les poques provisions que quedaven i hagueren marxat. El desfici que sentia augmentava per moments, així que es va decidir a tornar. Va creuar els camps amb precaució fins a arribar al riu. Es va assegurar que no el veia ningú abans de passar a l'altra vora. Com que l'aire venia de llevant, es va acostar a la casa per la banda de dalt, així seria més fàcil sentir si encara estaven els assaltants a la vil·la. Com més s'acostava, més inquietant era el silenci, només trencat per algun mugit dels bous, que ja reclamaven el menjar. Amb més por que precaució, va guaitar des de darrere de l'estable. No hi havia ningú. En arribar al pati de la figuera va veure l'amo. Jeia immòbil sobre la terra rogenca.

–Ihsan! –va cridar– Què t'han fet?

Es va agenollar de cara a ell. Li apartà la mà sobre la panxa i va veure com la sang seguia eixint a poc a poc entre l'embolic de roba que l'amo premia per taponar la ferida. Va esgarrar un tros de la pròpia vestimenta i, doblegant-lo adequadament, li'l va posar sobre la carn oberta.

–Prem ben fort! Em sents?

Va assentir, amb els ulls tancats. Jaume va entrar a la casa, va poar un poal d'aigua i va traure uns draps de la cuina. En eixir, li va rentar la ferida i la pressionà amb draps nets.

–Et posaràs bé. T'ho jure.

Ihsan va forçar un somriure d'agraïment. Al cap de poc va obrir els ulls. Jaume li torcà la suor de la cara per espavilar-lo. Havia perdut molta sang i semblava molt endormiscat. No es queixava ni deia res, però el servent estava ansiós per obtindre una resposta.

–Ha estat ací Bernat?

–No –va murmurar el ferit.

–Ell no hauria permés que et feren mal –intentà consolar-lo.

–Ha sigut... Umar –pogué dir amb molt d'esforç.

A Jaume se li va gelar la sang. Com podia ser? Un musulmà matant un germà! Com si no tingueren prou enemic en els cristians!

–Per què ho ha fet? –li va preguntar.

–Li han furtat els diners... –li costava parlar, li faltava l'aire–. Creia que havies sigut tu... Volia matar-te.

Jaume es va esglaiar. Ja coneixia la violència del capatàs, però en comprovar fins on havia arribat, podia esperar qualsevol cosa si se li ocorria tornar.

–Ihsan, t'entraré a la casa. Tu no et bellugues, que jo t'estire de les aixelles i t'arrossegue dins.

L'amo jove es deixà fer, però el dolor era tan insuportable que li va pregar al servent que parara quan encara estaven al mig del pati interior. La ferida tornava a sagnar. Jaume va traure un coixí per a acomodar el malalt i li va posar una altra compresa de draps nets. Després d'aquests primers auxilis, va anar al magatzem i tornà amb una corbella ben esmolada i un ganivet llarg i dur que usaven per a tallar corretges. Calia prendre precaucions per si Umar apareixia. Va barrar la porta i es dedicà només a atendre Ihsan. Desconeixia la gravetat de la furgada, i no sabia com curar-la, però no ignorava que, si seguia perdent sang, no duraria molt de temps viu. Va continuar taponant-li la ferida fins que quasi es va estanyar. Aleshores, se li ocorregué que hauria de fer alguna cosa per evitar una possible infecció. Va eixir i es dirigí a la barraca. Recordava que hi havia un flascó d'oli de pericó, i el va trobar de seguida, malgrat la foscor que ja queia sobre l'horta. Tornà a la casa, però es va deixar la porta oberta sense adonar-se'n. No tenia costum de tancar-la.

A la llum d'una torxa, va mullar els draps amb l'oli desinfectant i continuà cobrint la ferida a un amo cada vegada més endormiscat. Així i tot, Jaume li seguia parlant.

–Et posaràs bé, Ihsan. Ja ho veuràs. Has deixat de sagnar. Ara et recuperaràs a poc a poc. Demà ja buscaré ajuda perquè et curen la panxa.

Tanmateix, com més avançava la nit, menys optimisme hi havia en les seues paraules.

–Demana a Al·là que t'ajude. Jo li ho demane al meu Déu. Saps? Estic convençut que resem al mateix ésser superior, encara que en cada religió l'anomenen de manera distinta. No crec que hi haja tants déus. Totpoderós només pot haver-n'hi un, si no, ja no seria Totpoderós. I és igual que sigues tu o jo qui li demane ajuda, però si ho fem els dos, serà millor. Em sents, Ihsan? –suplicava, més que preguntava–. Jo a soles no podré salvar-te. Has de resar amb mi. Per favor, no t'adormes...

Quan Bernat va acabar el primer torn de la guàrdia nocturna, encara quedaven soldats bevent al voltant d'una foguera. Un d'ells era Roger, i en veure el seu cosí, li isqué al pas.

–Saps què he sentit dir a un company mig borratxo? Resulta que Sarrià ha anat a fer botí pel seu compte i ha saquejat unes quantes cases. No me'n refie.

–Vols dir que pot haver anat a la Vil·la Nova?

–Crec que sí.

En fer-se de dia, Bernat va demanar permís al capità en Cornell per a eixir del campament un parell d'hores. Va posar com a excusa que necessitava localitzar son pare. L'oficial hi va accedir i el soldat va muntar un cavall i mogué ràpidament cap a la vil·la. En arribar al pati de la figuera va descavalcar. Era estrany que no hi haguera ningú, però en veure el rogle de sang, es va alarmar de veritat. Seguí el rastre i va entrar a la casa. Al mig del pati va trobar els dos cossos immòbils a terra. Va témer el pitjor.

–Jaume! Jaume! –va cridar, amb la veu tremolosa.

No va contestar. Bernat s'acostà i li va posar la mà al front. Es va alleugerir en no trobar-lo fred. Li va agafar el braç i el sacsà lleugerament. A poc a poc, el germà es va despertar d'un son profund. Semblà desorientat en veure el soldat, però de seguida es va situar i es va girar cap a l'amo.

–Ihsan! Ei, Ihsan! Desperta't! Em sents? Ihsan! –cridava cada vegada més fort.

–Ha mort.

–No! No pot ser! Ihsan, contesta'm! –suplicava, mentre li botaven les llàgrimes.

La vida l'havia posat a prova en massa ocasions l'últim any, però aquesta va ser la més dura. La sensació de soledat, d'haver perdut un amic insubstituïble, li causava tant de dolor que no podia refer-se. Abraçat al cos sense vida, no trobava consol, per molt que el germà intentara reconfortar-lo.

Bernat va buscar ferramenta per a cavar una fossa a la vora del camp. Jaume va mirar el rellotge que el iaio havia fet al pati, on una tella redona marcava l'alquibla, la direcció a la Meca. Amb l'orientació adequada, van fer el clot a prop de la figuera, on van col·locar el cadàver, de costat, mirant cap a la ciutat sagrada. Abans de cobrir-lo, el desconsolat amic va anar al dormitori d'Ihsan i va traure una branca, aquella amb què es va repenjar el dia que Jaume començà a fer-se càrrec de la recuperació i li va fer fer els primers passos. Va dipositar la crossa a la vora del cos fred de l'amic. Era el símbol d'un vincle, d'una amistat que només la mort havia trencat.

En acabar de soterrar-lo, Jaume arreplegà les escasses pertinences que tenia i les posà en un fardell. Després, va buscar davall d'un taulell solt i comprovà que encara hi havia la moneda que li havia donat el iaio Abdullah. Era l'únic que tenia de valor. Va pensar a colgar-la a la tomba d'Ihsan, que havia donat per ell allò més valuós: la seua vida. Tanmateix, va pensar que ara ja no li faria profit, per això va anar a l'estable i va ficar el dírham dins de la bossa que Salim solia usar quan anava i venia de casa. Ja que no s'havia acomiadat d'ell, almenys podia mostrar-li gratitud d'aquella manera.

Ja no quedava res a fer. Bernat l'ajudà a muntar. Des del cavall féu l'última ullada al pati, a la figuera, a la casa, a aquell xicotet món que l'havia acollit quan vingué de Tortosa. Allí es quedava el seu amic, juntament amb un any de la seua vida, el més intens que havia viscut. Amb la remor llunyana de les ones de la mar, se'n va anar per sempre de la Vil·la Nova.

EPÍLEG

Van descavalcar en arribar a la porta de la Llei, l'entrada natural a la ciutat des de la mar. Bernat li va dir que s'ho pensara, que si volia unir-se a l'exèrcit d'Hug de Montcada, ell parlaria amb el capità en Cornell i li donaria alguna raó que justificara la deserció de mesos abans, però Jaume digué que no. Si es quedava a València, aniria a Cullera, a buscar els pares. Ser soldat no era un dels seus somnis.

–Faces el que faces, vull que m'avises –li va demanar el germanastre–. Pregunta a l'alcàsser, que algú sabrà dir-te per on pare.

Es van fondre en una forta abraçada. Potser era la primera vegada que es transmetien un afecte sincer que no havien sentit mai l'un per l'altre. Jaume li va reiterar l'agraïment per tot el que havia fet per ell.

–Estàs segur que no vols que t'acompanye? –preguntà Bernat–. Sempre et respectaran més si vas amb un soldat armat.

–No cal, no tinc res a témer.

Després d'acomiadar-se es van separar. L'un seguí cap a ponent vorejant la rambla,[61] per tal d'eixir al camí de

61. També anomenada la vall, era el que quedava de l'antic braç del riu Túria, pel sud de la ciutat.

Russafa. L'altre va entrar a la ciutat i tombà pel carrer de la dreta, on estava el seu destí.

La casa estava tancada, com quasi totes. Va trucar a la porta i li obrí un criat amb la por al rostre, expressió que va canviar en reconéixer-lo. El deixà passar i el va fer esperar al vestíbul mentre avisava la família.

–Yaqub! –va exclamar Abdullah, emocionat–. On està Ihsan? –preguntà de seguida.

Els ulls i el gest que féu Jaume van parlar per ell, i el iaio copsà ràpidament que no hi havia notícies bones.

–Què li ha passat? –va preguntar amb un fil de veu.

–Ahir van vindre tres soldats a saquejar la casa. Es van endur els diners que hi trobaren, també els que Umar tenia guardats en una gerreta. Quan aquest se n'assabentà, va discutir amb Ihsan i el va ferir amb una daga. Jo no hi era, però en tornar, trobí el seu nét a terra, dessagnant-se. Vaig fer tot el que se'm va ocórrer...

No va poder seguir parlant. A la gola se li nugaren les paraules mentre que els ulls vessaven amb forma de llàgrimes tot el pesar que sentia. Es va refugiar entre els braços que el iaio li oferí, i s'abandonà a un plor estrident i desconsolat que es va sentir per tota la casa i va alertar les dones que no tardaren gens a eixir. No veren la cara de Jaume, però el dolor que reflectien els ulls d'Abdullah els va fer pensar el pitjor, i més quan aquells ulls buscaren els de la seua nora Fàtima, que es posà a cridar, fora de si. El seu marit Kadzim havia desaparegut feia mesos. L'esperança que haguera sigut fet presoner i encara estiguera viu s'havia apagat a mesura que passaven els dies des de la rendició de la ciutat i ell seguia sense aparéixer. I ara, en reconéixer el servent que plorava abatut, va saber que una nova desgràcia queia sobre ella. Un gest del seu sogre va ser suficient per a confirmar-ho. Fàtima es desesperava, cridava i cridava, negant-se a admetre la realitat: havia perdut l'únic fill que tenia. Les dones van rompre a plorar i van conduir Fàtima cap a l'interior de la casa, llevat de la tia Amina, que volia assabentar-se dels detalls de la tragèdia. Farah féu un intent de quedar-se amb ella, però no li ho van permetre. Ara calia recloure's amb la mare a plorar i resar.

Quan Jaume es va calmar, el iaio el féu passar a la sala de l'entrada, on es feien les reunions amb els visitants que no eren de la família. La tia els hi va acompanyar.

–Acaba'm de contar què ha passat –demanà Abdullah.

–Estava dessagnant-se. Li vaig preparar uns draps per a taponar la ferida. Intentí dur-lo al dormitori, però en moure'l tenia forts dolors. Només vam arribar fins al pati. El vaig acomodar i li posí compreses d'oli de pericó. No podia fer més. Cada vegada estava més endormiscat. Jo no deixava de parlar-li i, en algun moment, ell s'espavilà i em contà que Umar em feia responsable del robatori dels seus diners i volia matar-me, però Ihsan va eixir a defendre'm i confessà que havia sigut ell qui havia lliurat els diners als cristians. Em va salvar la vida –digué, alhora que tornaren a caure-li les llàgrimes–. L'últim que va dir fou que donar la vida per un amic és allò més noble que podem fer. Durant la nit, els dolors van ser insuportables. Al final, li vaig donar cascall. Sabia que l'adormiria, però em trencava l'ànima veure'l patir. Després, jo també em vaig adormir de l'esgotament. Aquest matí m'ha despertat un soldat, no sé si sabeu...

–El teu germà, veritat? Kadzim ens va contar aquesta història.

–Sí, ha sigut ell qui m'ha despertat. Aleshores Ihsan ja havia mort. Tenia una expressió serena. Es veu que no ha patit en el tram final, però no he pogut salvar-lo –es lamentava.

Jaume no va poder continuar. No li eixien paraules, sinó gemecs. La tia, tanmateix, no feia més que repetir el nom del nebot entre uns plors esgarrifosos. I Abdullah, en silenci, tenia la mirada perduda, mentre deixava caure llàgrimes de dolor.

–No he pogut salvar-lo –repetia el servent.

–Què has fet del cos? –preguntà el iaio.

–Bernat, mon germà, ha fet un clot al peu de la figuera. L'hem soterrat de cara a la Meca i he resat una oració.

Abdullah va sospirar profundament. Va dibuixar un lleuger somriure d'aprovació i es dirigí a la tia.

–Amina, vés i conta-li a Fàtima el que has sentit. I dis-los a totes que Ihsan ha sigut soterrat com un bon musulmà.

Un estricte dol es va imposar a la mansió familiar. Ningú no parlava, un silenci sepulcral ho envoltava tot, només trencat per algun gemec. Les dones no eixien de la zona de la casa reservada per a elles, Abdullah i el seu fill Nasir dinaven a soles al menjador, mentre que Jaume va ser acomodat amb els criats. Se sentia molt sol. Al pesar per la mort de l'amic, s'uní el turment d'estar sota el mateix sostre que Farah i no poder parlar amb ella. El temps se li allargava per l'avorriment. No hi havia faena. Passava les hores al pati annex, assegut al peu d'una palmera, com de vegades feia a la Vil·la Nova. Amb tot, el iaio sí que isqué a conversar.

–Yaqub, has pensat què faràs d'ara en avant?

–No ho he decidit encara. El meu germanastre m'ha oferit quedar-me amb ell, però jo no vull ser soldat.

–No és fàcil prendre la decisió encertada. Si vols buscar els pares a Cullera o a Dénia, encara estàs a temps d'anar-hi sota la protecció de l'exèrcit cristià. Així ho ha disposat el rei.

–Què fareu vosaltres?

–Ens quedem. El meu fill Nasir viu del comerç. Es quedaran molts musulmans, per tant, pensa que seguirà tenint treball. Li lleven aquesta casa, però en té més fora de la medina. Sempre serà millor que partir de res en una altra ciutat. I jo...

–També es queda?

–Sóc massa major per a començar una nova vida, i menys a soles. El meu somni era consumir el temps que em queda a la Vil·la Nova, veient com Ihsan es feia un home. Ara tot s'ha truncat. El rei repartirà el terreny conquistat, i amb sort podrem negociar amb els nous amos de la vil·la la possibilitat de seguir treballant els camps i la part de la collita que ens podríem quedar com a pagament. No era això el que jo somiava.

–Heu de treballar les vostres terres per a altres? –preguntà Jaume, estranyat.

–De segur que ja no són nostres. Ja fa mesos que el rei cristià començà el repartiment entre els nobles i la gent que l'ha ajudat en la campanya. Sort que tenim propietats per a no quedar-nos al carrer. Hi ha una casa menuda al raval d'al-Falaqa.[62] Em plantege la possibilitat d'anar a viure allà. Sense aquesta mansió, la família haurà d'establir-se en una de més xicoteta, on de segur que no cabrem tots. Es rumoreja que ens deixaran instal·lar-nos en aquella zona i al raval d'al-Kudia al-Adwa.[63]

–I vol viure a soles?

–No. Necessitaria un servent que m'ajudara i em fera companyia. Un xic de confiança, amb qui poguera parlar i contar-li les meues dèries. Algú que estiguera a gust, i que gaudira aprenent moltes coses que jo podria ensenyar-li.

Jaume s'adonà de seguida de l'oferiment que li feia el iaio. Es va sentir molt afalagat, però també incòmode. Potser era el moment de dir tota la veritat. Ja no necessitava fingir. Es va quedar pensarós i, com havia ocorregut en alguna ocasió, Abdullah li va llegir el pensament.

–Fins i tot li buscaria un bon càrrec a la ciutat. La repoblació serà lenta, i els musulmans hauran de seguir ocupant-se de tot perquè no es paralitze l'activitat diària. Això sí, sempre que el rei cristià tinga un poc de trellat. Per cert, li diuen Jaume, que és el mateix nom que Yaqub. Ho sabies?

El servent va veure que se li presentava l'oportunitat de sincerar-se.

---

62. Zona de l'actual carrer de Roters, al popular barri del Carme.
63. Estava situat entre el carrer de Morvedre i la Saïdia.

–Abdullah, hi ha una cosa que he ocultat des que vinguí ací. Quan vaig nàixer a Tortosa, em posaren Jaume, ja que em batejaren com a cristià, la religió de mon pare, en la qual m'educaren, encara que, d'amagat, ma mare m'ensenyà la llengua àrab i em parlà de la Llei.[64] En vindre ací, em demanà que aparençara que era musulmà, per estalviar problemes.

–Això ja m'ho havia contat mon fill –va dir el iaio–. Jo no sóc ningú per a jutjar les teues creences. Al·là és misericordiós i sabrà emetre un juí just.

–Però vull deixar clar que no he tingut mala intenció. En cap moment he volgut aprofitar-me de res.

–No cal que ho digues. Has demostrat de sobra que ets una bona persona. Has fet per Ihsan tot allò que no està escrit, i ara que l'he perdut... Yaqub, respectaré el que decidisques, però si et quedes a Balansiya, t'oferisc un lloc a ma casa. No com a criat, sinó com un més de la família.

Jaume es va emocionar. Sabia que era molta l'estima que Abdullah sentia per Ihsan, i ara semblava que encara li'n quedava per a ell. Volia que ocupara el lloc del nét.

–Em sent molt orgullós i agraït per l'estima que em mostreu, però no em resulta fàcil prendre una decisió. Així i tot, encara que optara per anar-me'n, no ho faria abans d'haver-lo ajudat a instal·lar-se a la casa nova i d'haver-li aconseguit un criat que el cuide.

–I si et quedares?

–Pense que em guanyaria bé la vida. Podria fer d'intèrpret. No crec que hi haja molts cristians que sàpien parlar l'àrab. Tanmateix, viure a la ciutat...

---

64. La xara, la llei, tant civil com religiosa.

–A la mateixa ciutat on viu Farah, vols dir? –preguntà el iaio, inesperadament.

Jaume es va sorprendre. Resultava increïble com Abdullah li endevinava el pensament. Va assentir amb tristesa.

–Yaqub, fa mesos, quan parlí amb tu a l'estable, et vaig dir que estava segur que faries feliç la meua néta, però son pare ja havia negociat el casament. Ara et dic que les coses han canviat molt. Si et quedes sota la meua protecció, et donaré suport.

–S'oposarà a la decisió del seu fill Nasir? –preguntà incrèdul.

–Bo, diguem que ets tu qui has de guanyar-te'l. Serà difícil de convéncer, però si el fas dubtar, ja saps a qui es demana consell en aquesta família –va afegir, somrient.

Jaume estava totalment desconcertat. No sabia si devia haver sigut la mort d'Ihsan o què, però semblava que ara el iaio veia amb bons ulls que lluitara per l'amor de Farah. Es preguntava què el devia haver fet canviar d'opinió. Ara bé, també li havia advertit que Nasir seria un obstacle difícil de superar. Tanmateix, si el iaio exercia sobre ell la influència que havia tingut sobre Kadzim, no estava tot perdut. No va necessitar pensar-ho molt. Si hi havia alguna remota possibilitat d'unir-se a Farah, no la perdria.

–Senyor, serà un honor per a mi acollir-me a la seua protecció.

L'endemà, mentre mirava distret els penjolls de dàtils, Jaume va recordar quan es gitava sota la palmera a la Vil·la Nova en les estones lliures que tenia. Li van vindre al cap moments bons i roïns, però sobretot va evocar els escassos dies en què Farah els visitava, records que li havien fet mal en les últimes setmanes, però que ara tornaven a despertar-li la il·lusió.

–Puc seure al teu costat?

–Farah! No t'he sentit arribar –va exclamar, pegant un bot per alçar-se del terra.

La va mirar amb tendresa i ella li va somriure. Malgrat les crostes que li tacaven la pell, semblava una princesa.

–Trobe que estàs ocupat amb els teus pensaments. Puc tornar després...

–No te'n vages! És la primera vegada que podem parlar des que he vingut. Seu, per favor –li va demanar, assenyalant-li el mateix lloc que havia ocupat el iaio la vesprada anterior.

–En què pensaves?

–En la vil·la, en Ihsan, en tu...

–Deu haver sigut horrible. No entenc com el capatàs ha pogut fer això al seu amo, un jove invàlid i indefens.

–Umar era una persona molt dolenta, creu-me. M'hauria matat a mi si m'haguera creuat en el seu camí. De fet, m'havia amenaçat.

–És injust! –va protestar, mentre pel rostre li relliscaven unes llàgrimes–. Després de l'accident s'havia esforçat molt per recuperar-se, i amb la teua ajuda ho havia aconseguit, i ara...

Jaume la va voler consolar, però no sabia com. Es moria de ganes d'abraçar-la, però no cometria tal imprudència. Va acostar la mà a la que ella tenia recolzada en el banc. Buscà un lleuger contacte, amb això es conformava.

–El trobe molt a faltar –va dir ell–. S'havia convertit en un vertader germà, però sembla que el destí vol que em quede sense família.

–No crec. M'ha dit el iaio que et quedaràs a Balansiya.

–Tu vols que em quede?

–Clar que sí! –afirmà ella.

–I què farem, tu i jo?

–Jo, esperar que et decidisques a parlar amb mon pare.

–Sóc un servent –es va lamentar Jaume–. No puc competir amb un carnisser ric.

–No hi estic d'acord. Si t'acull el iaio, deixaràs de ser un servent. Ja li he sentit dir que vol ensenyar-te a llegir i a escriure per buscar-te un treball digne.

–I el carnisser?

–Ets babau! –es va queixar ella, però somrient–. Que no has vist com tinc la pell? Fa mig any que no me l'he poguda mullar amb aigua de la mar. El carnisser m'ha rebutjat. Com que havia decidit anar-se'n cap al sud, va vindre a veure'm, i en comprovar l'agreujament de la malaltia, ja no volgué saber res més de mi.

–Estàs trista?

–Estic contentíssima! –va cridar–. Yaqub, haurem d'esperar. Caldrà deixar passar un poc de temps perquè mon pare no et veja com un criat. I aleshores, ja veurem.

–Farah, almenys podem somiar!

La xica va mirar a dreta i esquerra i se li va acostar. Ell féu el mateix, fins que els seus llavis s'ajuntaren efímerament. Fou el segell d'un pacte secret que reanimava l'amor que sentien l'un per l'altre. En sentir que la cridaven, se'n tornà dins de la casa.

A Jaume se li inflà el pit i li sobrava l'aire. S'obria una porta a l'esperança. No sabia com acabaria aquell assumpte, però estava enamorat de Farah, i ella el volia. Potser, d'ací a unes quantes llunes, el somni es podria fer realitat. Després de totes les penalitats passades, després d'haver rebutjat l'ocasió d'anar-se'n amb els pares o haver-se quedat amb Bernat, després d'haver perdut l'amic de l'ànima, després de tot això, va recordar les paraules que li va dir la mare la nit que fugien de Tortosa en la barca: «Trobaràs la felicitat al cor del regne de Balansiya». Fou en la lluna nova del mes de sàfar. I ara, quan en lloc de les ones de la mar se sentia el soroll dels tambors que acompanyaven el nou rei en l'entrada oficial a la ciutat, Jaume Cases començà a creure de veritat en la profecia de sa mare. Havia passat just un any. Tornava a ser la lluna nova del mes de sàfar, el dia nou d'octubre de 1238 en el calendari cristià.

APÈNDIX

1. LA CORONA D'ARAGÓ

Aquest nom fa referència a la unió dels distints territoris que, sota la jurisdicció del rei d'Aragó, va perviure durant cinc segles i mig entre l'edat mitjana i l'edat moderna. El seu origen remot el trobem a l'any 1137, quan el rei d'Aragó, Ramir II el Monjo, va pactar el matrimoni de la seua filla Peronella amb Ramon Berenguer IV, comte de Barcelona. Aquell mateix any, Ramir II es va retirar a la vida contemplativa. Va conservar el títol de rei, però cedí els seus drets a la filla, i com que aquesta només tenia un any, fou el seu futur espòs, Ramon Berenguer IV, qui va ser nomenat príncep d'Aragó per tal que governara el regne.

El 1150, Peronella, amb catorze anys, es va poder casar amb Ramon Berenguer, amb qui va tindre cinc fills, el segon dels quals heretaria els territoris de la nova Corona. Així, la mort del seu pare el 1162 i l'abdicació de la mare, dos anys després, van fer que Alfons el Cast unificara sota el seu poder el regne d'Aragó i el comtat de Barcelona. A aquest nucli inicial s'afegiren, per vassallatge o per conquesta, uns altres territoris que formaren amb el temps un dels imperis més poderosos de la Mediterrània.

La peculiaritat de la Corona d'Aragó fou que funcionà com una federació d'estats independents sota el comandament del rei. Així, els integrants conservaven la seua sobirania i les institucions de govern, i es regien per les lleis que aprovaven les Corts pròpies. La política exterior, però, era unificada pel rei per tal de lluitar pels interessos generals del conjunt.

Un moment molt significatiu en la consolidació d'aquesta federació es va produir en el segle XIII gràcies a una importantíssima expansió per territoris mediterranis. Aquesta expansió va consistir en les conquestes dels regnes de Mallorca i de València –dutes a terme pel rei Jaume el Conqueridor– i la incorporació per casament i també per conquesta del regne de Sicília –a càrrec dels reis Pere II el Gran i de Jaume II el Just.

Finalment, la Corona d'Aragó desaparegué a conseqüència de la Guerra de Successió espanyola per la mort del rei Carles II sense descendència. En aquesta contesa es van disputar el tro Felip d'Anjou i l'arxiduc Carles d'Àustria (1702-1715). La victòria del primer, que signà els Decrets de Nova Planta, va implicar que s'anul·laren les constitucions i òrgans de govern propis i que tots els estats peninsulars integrants se sotmeteren a la jurisdicció del regne de Castella.

2. EL REI JAUME I EL CONQUERIDOR

Alfons el Cast, primer rei de la Corona d'Aragó, va morir el 1196 i fou succeït pel seu fill Pere el Catòlic. Aquest es va casar amb Maria de Montpeller l'any 1204, però sembla que les desavinences matrimonials retardaven la vinguda d'un hereu fins al punt que, segons la llegenda, l'esposa hagué d'ordir un pla per a poder jaure amb el seu marit sense ser rebutjada. Es diu que el monarca va rebre l'avís que una dama desconeguda volia passar la nit amb ell. El rei hi va accedir, i en fer-se de dia, va descobrir que la misteriosa dama no era una altra que la seua muller, qui féu entrar a la cambra testimonis i notaris perquè certificaren els fets. Pere el Catòlic va acceptar «la voluntat de Déu» i va veure com el 2 de febrer de 1208 naixia Jaume, el seu successor.

Sobre l'elecció del nom, el mateix rei conta en el *Llibre dels fets*[1] que, quan ell va nàixer, sa mare «manà fer dotze candeles, totes d'un mateix pes i d'una mateixa grandària, i les féu encendre totes alhora. En cadascuna posà el nom d'un apòstol, i prometé a Nostre Senyor que nós (jo) rebríem per nom el d'aquella que durara més. La de sant Jaume fou la que més durà, ben bé tres dits de través més que les altres. I per aquest motiu, i per la gràcia de Déu, ens anomenem Jaume».[2]

La infantesa del futur rei conqueridor va ser molt accidentada. Son pare, Pere el Catòlic, mantenia un conflicte amb els barons francesos i, buscant una solució pacífica, va pactar el matrimoni del seu primogènit amb la filla de Simó IV de Montfort, cabdill dels rivals. Fins i tot li va entregar com a penyora l'infant Jaume, que només tenia tres anys. Malgrat això, Simó IV va continuar les hostilitats. La reina Maria viatjà a Roma per a sol·licitar l'ajuda

1. Crònica històrica que el monarca dictà personalment poc abans de la seua mort, a manera de memòries.
2. Jaume I: *Llibre dels fets*. Versió de Francesc Machirant. Edicions Bromera, col·lecció «Els Nostres Autors».

del sant pare per tal de recuperar el fill, però va morir poc després (gener del 1213).

El conflicte es va agreujar i va precipitar la batalla de Muret, on va morir el mateix Pere el Catòlic (setembre del 1213). La Corona d'Aragó va quedar en una situació insostenible: sense rei, amb l'hereu captiu i amb la desfeta econòmica provocada per la guerra. Les gestions davant de la Santa Seu per tal de recuperar l'infant Jaume i organitzar la regència van desembocar, no sense entrebancs, en la restitució de l'hereu, que el 25 d'abril de 1214 fou entregat a una comissió de nobles i magnats aragonesos i catalans, encara que va quedar sota la custòdia del legat papal.

Amb sis anys, orfe de pare i mare, l'infant Jaume fou reclòs al castell de Montsó per a rebre, com a futur rei, la instrucció a càrrec de l'orde del Temple. Durant vora tres anys que durà la seua formació, va ser nomenat regent un oncle de l'hereu, Sanç d'Aragó, el qual assumí el govern amb l'assessorament del Consell de la Procuradoria. No obstant això, les relacions cada vegada més tenses amb la Santa Seu i les conspiracions dels nobles van precipitar l'entronització. L'infant Jaume va deixar el castell de Montsó als nou anys i el Consell Reial, després de garantir al papa Honori III la submissió del futur monarca, va forçar la fi de la regència de Sanç d'Aragó un any després, el setembre de 1218.

Amb deu anys, l'infant inicià el seu comandament com a Jaume I, rei d'Aragó, comte de Barcelona i senyor de Montpeller, amb l'assessorament del Consell Reial que, per tal d'avançar la majoria d'edat que el legitimara per a exercir el ple dret del títol reial, va decidir que contraguera matrimoni. Així, el 1221 es va casar amb Elionor de Castella, cinc anys major que ell. El mateix rei relata com «estiguérem tot un any amb la nostra esposa sense poder fer allò que els homes han de fer amb la seua muller, perquè no teníem l'edat adequada».[3] El matrimoni només durà huit anys, i van tindre un fill mascle, Alfons, qui no arribà a regnar perquè morí en vida de son pare.

La primera etapa del regnat de Jaume I està caracteritzada per les revoltes internes de nobles com Rodrigo de Lizana o Guillem II de Montcada i de Bearn. També en aquest temps va fracassar l'expedició i posterior setge al castell de Peníscola (1225), perquè els nobles no acudiren a la crida del monarca, com tampoc ho feren el 1226, quan Jaume I projectà una expedició sobre València. L'agitació interna no va parar fins que un nou alçament a càrrec de l'infant Ferrando, oncle del rei, va provocar la intervenció papal per mitjà de l'arquebisbe de Tarragona i el posterior acord conegut com la Concòrdia d'Alcalà (1227), tractat que va posar fi a les rebel·lions.

Amb la noblesa apaivagada i la seua autoritat personal consolidada, Jaume I va iniciar la política expansiva que el féu passar a la història. Tenia vint anys. Abandonades les pretensions de créixer pel nord, el monarca va decidir ampliar la Corona conquistant territori sarraí. El primer objectiu va ser el regne de Mallorca, per tal d'evitar els continus perjudicis al comerç català provocats pels pirates musulmans mallorquins, que campaven lliurement per aquesta vora de la Mediterrània. El sobirà va reunir les

3. Jaume I: *Llibre dels fets*. Edicions Bromera. Versió citada.

Corts a Barcelona, el desembre de 1228, i va decidir escometre l'empresa amb el suport de la burgesia catalana, que en trauria profit en botí i terres, mentre que els nobles aragonesos van fer costat a la iniciativa per la seua condició de vassalls del rei. Després de tres mesos de setge, Mallorca es retia l'últim dia de l'any 1229. El territori conquerit es va annexionar a la Corona d'Aragó com un nou regne. Va ser repoblat majoritàriament per catalans.

Només dos anys després Jaume I ja estava capficat en una nova acció: la conquesta del regne de València, en aquest cas per iniciativa dels nobles aragonesos. Concretament, fou Balasc d'Alagó qui va parlar al rei de les excel·lències i riqueses de l'horta de València, i es va implicar en el disseny d'una campanya que es va desenvolupar en tres fases. Una primera d'aproximació, a les terres septentrionals, tingué lloc l'any 1233; una segona, que se centraria en la presa de la capital del regne, es va concloure el 1238; i una última fase, en què s'annexionarien les terres que s'estenien dellà el riu Xúquer fins a Biar, es va resoldre el 1245. En el cas d'aquest territori, novament Jaume I va assumir la tutela de la conquesta i formà un nou regne independent dins de la Corona, en lloc d'ampliar el regne d'Aragó com pretenien els seus nobles.[4] Va ser repoblat, majoritàriament, per aragonesos a la part interior, i per catalans a les comarques litorals.

Però quan va acabar la conquesta del regne de València, Jaume I hagué de fer front a contínues rebel·lions per part dels sarraïns. Així, entre 1244 i 1248 es produí una revolta

4. Veieu l'apartat «El naixement del regne de València».

encapçalada per al-Azraq, a conseqüència de la qual es va perdre la franja que discorre per la vall de la Gallinera, des d'Alcoi fins a Pego i Dénia. Com a resposta, el monarca aconseguí de les Corts reunides a València el decret d'expulsió dels musulmans de les terres de la Corona d'Aragó. Tanmateix, la mesura no va ser efectiva perquè suposava una desfeta econòmica, i el mateix monarca preferí forçar la conversió dels infidels a canvi que s'hi quedaren.

Fins al 1258 no aconseguí el rei cristià la rendició d'al-Azraq, que fou expulsat, i la recuperació de les terres perdudes anys abans. Aquest mateix any, Jaume I signa el tractat de Corbeil amb Lluís IX de França, mitjançant el qual la Corona d'Aragó cedia quasi tots els dominis d'Occitània, mentre que el rei francés, com a descendent dels sobirans de la Marca Hispànica, renunciava a qualsevol reclamació sobre territoris catalans. D'altra banda, es va reconquistar el regne de Múrcia, possessió castellana que patí una rebel·lió sarraïna. Aleshores, regnava a Castella Alfons X el Savi, i la seua esposa era Violant d'Aragó, filla de Jaume I. La reina demanà ajuda al pare, el qual va posar el seu hereu Pere al cap dels nobles catalans i va recuperar Múrcia, que va tornar al poder castellà, en compliment del límit de la Corona d'Aragó que s'havia pactat anys enrere al Tractat d'Almirra (1244).

Els últims anys de Jaume I no van ser tranquils. Juntament amb el papa Climent IV va organitzar una croada a Terra Santa, que va resultar un fracàs (1269). Tanmateix, el monarca no va abandonar la idea i posteriorment acceptà la invitació del papa Gregori X per a assistir al Concili de Lió (1274), per tal de donar suport al projecte pontifici d'una nova croada i amb l'esperança d'obtindre a canvi la coronació com a emperador de la cristiandat. Cap dels dos propòsits va fructificar. Fins i tot, al tram final del seu regnat, encara va haver de sufocar un alçament dels nobles catalans i aragonesos (1275), i una insurrecció a la ciutat de València.

Finalment, va patir una nova rebel·lió dels sarraïns de la zona d'Alcoi. En plena revolta, el rei va emmalaltir greument, i es refugià a Alzira, ciutat on va abdicar en favor de l'infant Pere. En el transcurs del darrer viatge cap al monestir de Poblet, la mort el va sorprendre a València, el 27 de juliol de 1276. Va regnar cinquanta-huit anys i deixà catorze fills, onze de les tres esposes que tingué (en morir la reina Violant es va casar mitjançant document privat amb Teresa Gil de Vidaure), i tres fills que li donaren tres de les huit amants que se li conegueren. No obstant això, després de diversos canvis testamentaris, la Corona d'Aragó fou heretada pel primogènit, Pere el Gran, llevat del regne de Mallorca, que passà a mans del següent fill de Jaume, encara que anys després aquesta possessió va ser reincorporada a la Corona.

3. EL REGNE MUSULMÀ DE BALANSIYA

Des que la península Ibèrica va quedar en poder dels musulmans (711-718), els territoris que actualment formen la Comunitat Valenciana havien romàs sempre sota l'hegemonia de Qurtuba (Còrdova), primer com a província del califat de Damasc, després com a emirat independent i, finalment, com a califat. No fou fins a l'inici del segle XI quan una guerra civil provocà la desfeta d'aquest califat i donà pas a la formació dels regnes de taifes, uns nuclis polítics que esdevindrien estats independents. És aleshores quan naix el regne de Balansiya. Dels tres segles anteriors no hi ha massa notícies. Se sap que cap al 778 hi va haver una rebel·lió que motivà la vinguda del mateix emir de Còrdova, Abd-al-Rahman I. Potser la ciutat fou saquejada i fugiren la majoria dels seus habitants. Per contra, l'horta va anar assolint una estructura de regadius que va propiciar la riquesa agrícola que sempre ha caracteritzat la ribera del Túria.

Els primers mandataris del nou regne de Balansiya foren Mubarak i Mudaffar, dos homes de confiança del difunt cabdill al-Mansur que governaren simultàniament des del 1011 fins que, el 1019, es féu amb el poder Labib, el senyor de Tortosa. Tanmateix, fou el 1021 quan els partidaris de l'esmentat al-Mansur entronitzaren com a rei Abd-al-Aziz. Aleshores s'inicia un període d'esplendor marcat per la construcció d'una nova muralla a la capital del regne. La Medina al-Turab, topònim que significava 'ciutat de fang', va rescatar el nom de Balansiya, l'adaptació àrab de la denominació llatina Valentia, i es va significar com a cap d'un dels regnes més pròspers del món islàmic peninsular.

El 1094, Rodrigo Díaz de Vivar, el Cid, va ocupar la ciutat, que visqué un breu parèntesi cristià, uns huit anys, fins que, ja mort el cabdill, els almoràvits la van recuperar perquè les tropes d'Alfons VI de Castella, que l'havien defensada abans, la van abandonar i la van incendiar (1102).

Al llarg dels següents anys, la defensa contra els almoràvits, l'entrada en escena dels almohades, poble nord-africà que envaí Al-Andalus, i la pressió dels regnes cristians del nord sumiren el regne en una profunda inestabilitat política, fins que el 1147 Muhammad ibn Mardanis (el rei Llop) va aconseguir dominar Xarq Al-Andalus, la part oriental dels territoris peninsulars. Aclamat i autoproclamat emir de Balansiya, va mantindre una política de pagament de tributs per a frenar les pretensions expansionistes de la Corona d'Aragó, però després de la seua mort (1171), el regne va ser envaït pels almohades.

Novament, la manca d'unitat augmentà la feblesa dels musulmans, que veien com els reis cristians s'aliaven en contra seua. Fins i tot, al Zayd abu Zayd, que regnà entre 1213 i 1229, va haver de pactar treves i pagar quantioses rendes a Jaume I per a frenar l'atac dels cristians. No obstant això, no pogué evitar una revolta interna capitanejada per Zayyan ibn Mardanis, que el va deposar i es va autoproclamar emir, l'últim mandatari musulmà de Balansiya, que va haver de defendre i retre la ciutat al rei conqueridor, quasi deu anys després.

4. LA RELIGIÓ ISLÀMICA

La característica fonamental que trobem en les societats musulmanes és la vertebració de la vida familiar, social i política a partir de la religió. En qualsevol d'aquests àmbits, els comportaments estan determinats per la xaria, la llei que regeix l'activitat dels homes segons els principis de l'islam. Aquesta norma és universal i deu ser observada tant per l'individu en la seua vida quotidiana com per qui tinga algun tipus d'autoritat, siga un mandatari polític, un càrrec civil o el patriarca d'una família.

Aquesta submissió al criteri religiós obeeix a la creença que l'objectiu vital de l'ésser humà és la salvació, cosa que no es pot obtindre sense sotmetre's a la voluntat de Déu. Però, com que aquesta voluntat sovint ha sigut interpretada malament, cal seguir la xaria, aquest conjunt de regles que emanen dels ensenyaments de Mahoma, el profeta que va aportar la versió definitiva de l'única fe vertadera.

L'islam és una religió que va sorgir l'any 622 com una revisió de les creences del judaisme i el cristianisme. El punt de partida és la revelació que Al·là féu a Mahoma, l'últim dels profetes, el qual va dictar la paraula de Déu, uns ensenyaments que finalment es recopilaren en un llibre sagrat, l'Alcorà. La fe dels musulmans defén l'existència d'una única divinitat, responsable de la creació del món i dels mitjans de subsistència, font de consells i jutge únic. També creuen en l'existència d'àngels que enregistren la nostra conducta i acompanyen l'ànima quan morim. A més de l'Alcorà, hi ha uns altres llibres sagrats on es troba la paraula de Déu, com la Torà, el Llibre dels Salms i l'Evangeli. L'islam també comparteix amb el judaisme o el cristianisme la veneració a alguns missatgers d'Al·là o profetes, entre els quals es troba Jesús, a qui neguen, no obstant això, la condició de fill de Déu. L'ésser humà gaudeix del lliure albir, però les seues accions estan predeterminades i permeses per Al·là, el qual finalment sotmetrà l'home a un judici final per a obtindre la salvació.

Per al creient, es marquen unes obligacions pràctiques que es concreten en el que es coneix com els cinc pilars bàsics de l'islam:

–La professió de fe o manifestació de la creença en Déu i el reconeixement del profeta, recitant la sentència «No hi ha un altre Déu tret d'Al·là i Mahoma és el seu profeta».
–L'oració ritual, prescrita cinc vegades al dia, en moments determinats. El rés, que pot ser individual o col·lectiu, sol durar uns deu minuts, i consisteix a recitar fragments sagrats de cara a la Meca.
–L'almoina, que obliga cada musulmà a aportar a la comunitat una desena part de les rendes. També es fa almoina voluntària per a agradar a Déu.
–El dejuni durant el ramadà, el mes sagrat del calendari islàmic. No sols implica no menjar ni beure, sinó també no fumar ni mantindre relacions sexuals. Cal observar-lo des de l'alba fins a la posta del sol.
–El pelegrinatge a la Meca, ciutat on va nàixer Mahoma. Ha de fer-se, almenys, una vegada en la vida, i l'objectiu és visitar la Kaaba, edificació que es considera la casa de Déu en la Terra.

La influència que la religió té en la vida quotidiana del musulmà és enorme. Per a començar, el dia es fragmenta segons les cinc oracions: la primera, entre l'alba i l'eixida del sol; la segona, immediatament després del migjorn; la tercera pregària es fa a mitjan vesprada; la quarta, en pondre's el sol; i l'últim rés, quan ja és nit fosca. Qualsevol activitat diària es localitza en el temps fent referència a l'oració més propera. Així mateix, l'orientació cap a la Meca no sols guia la posició de l'orador. Aquesta direcció, l'alquibla, està assenyalada en totes les mesquites, determina la posició dels cadàvers en els soterraments i la dels animals que s'han de sacrificar. A l'horta de València encara podem trobar cases de l'època musulmana on la façana està orientada més cap al migjorn que cap a llevant, com es va generalitzar després.

La mesquita és el lloc per a l'oració. L'islam no té litúrgia, però el divendres s'hi apleguen els fidels a escoltar el sermó i a resar col·lectivament, com també es reuneixen en les festes religioses, quasi totes relacionades amb esdeveniments de la vida del profeta Mahoma, i en les festes familiars, amb motiu de la imposició de nom, la circumcisió als xiquets o el matrimoni. En acabar els actes religiosos, la mesquita és el centre d'activitats socials com tancaments de tractes, acords matrimonials, reunions per a resoldre conflictes familiars, veïnals o plets en general.[5]

5. LA CIUTAT DE BALANSIYA

Cap al segon quart del segle XI, el rei Abd-al-Aziz va fer construir una nova muralla que, segons les cròniques, era de les més belles i sòlides d'Al-Andalus. L'extensió del perímetre va canviar notablement l'estructura urbanística amb la inclusió dels ravals extramurs. Nous edificis públics

5. Aquest costum pot ser l'origen de la reunió del Tribunal de les Aigües a la porta de la Seu de València.

i privats dignificaren una ciutat que, anys arrere, algun cronista havia qualificat de bruta i pestilent, amb contrast amb els lloats perfums naturals de la paradisíaca horta que l'envoltava. Aquest recinte tancat o medina és el que es trobarà Jaume I un segle més tard.

De les set portes que tenia, una era la d'al-Qantara ('el pont'), que estava on hui s'alcen les Torres de Serrans. Era l'entrada pel nord de l'antiga Via Augusta o Saguntina (actual carrer de Sagunt), que creuava el riu[6] per l'únic pont de pedra que hi havia. Al sud, per l'actual carrer de Sant Vicent, s'obria la porta de Baytala ('casa d'oració') a l'actual barri de la Boatella, que connectava amb la Via Sucronense, el camí de Múrcia. Per l'oest hi trobàvem la porta d'al-Hanax ('la colobra'), que obria la ciutat per l'actual carrer de Cavallers. A l'est estava la porta d'al-Xara ('la llei'), que dóna nom a l'actual barri de la Xerea, creuat pel carrer de la Mar. El cor de la ciutat era, com a l'època romana, l'entorn de l'actual plaça de la Mare de Déu. Allí s'alçava l'alcàsser i la mesquita major (on hui està la Seu). Curiosament, el mercat no estava al centre, com era habitual, sinó que es trobava en un raval extramurs (Baytala), al mateix lloc on hui està el Mercat Central, i amb una porta exclusiva en la muralla per a accedir-hi. Llevat dels carrers radials que hi confluïen des

6. El riu Túria deu el seu nom a la denominació d'origen iber Tirio. Els musulmans l'anomenaven Wadi al-Abyad, que traduït seria 'el riu blanc', expressió de la qual els conqueridors derivaren Guadalaviar, nom que se li dóna actualment al riu al seu pas per la província de Terol.

de les portes, l'estructura urbanística era un laberint sense cap planificació, on es barrejaven les vivendes privades amb els edificis públics.

Els carrers eren estrets per a evitar la calor del sol i abundaven els atzucacs. Les cases eren xicotetes i escassament condicionades. Tenien poques finestres, per a resguardar la intimitat interior de la curiositat dels vianants. Qualsevol casa, fóra humil o noble, tenia la sala on es rebien les visites, a prop de l'entrada, perquè la resta era espai privat, amb una zona reservada exclusivament per a les dones. El mobiliari era molt escàs. Al menjador s'asseien sobre coixins, i als dormitoris no hi havia llits, sinó que es gitaven sobre una màrfega, una estora o directament sobre palla. A la majoria de les cases no hi havia habitacle per a usos higiènics. Les aigües residuals s'abocaven a una canal descoberta que discorria pels carrers, habitualment sense empedrar. La claveguera moria en alguna séquia, com la de Rovella, o anava a parar a la rambla, anomenada també la vall. Es tractava de l'antic braç del riu que rodejava la medina pel sud. No duia corrent però, a més de les aigües residuals, embassava l'aigua de la pluja.

D'altra banda, malgrat el complicat traçat urbanístic, s'hi podien trobar àmplies cases senyorívoles que mantenien l'estructura de l'antiga vil·la romana, amb un pati central amb plantes que donava llum i frescor a les estances interiors. També hi havia luxosos palaus, com el dels Banu Mardanis, la família del rei Llop. És l'actual convent de la Puritat, a prop de la plaça de Manises, i fou la residència oficial de Jaume I després de la conquesta. L'actual palau del marqués de Dosaigües també se suposa que fou una luxosa residència dels Mardanis, on va viure el rei Zayyan fins a la conquesta. A l'inici de l'actual carrer del Salvador des del riu hi havia un altre palau on visqué el Cid en la seua estada final a Balansiya.

Dels edificis públics, cal destacar les mesquites i els banys, molt nombrosos. A més de la mesquita major, n'hi havia d'altres menors, la majoria de les quals en els mateixos llocs on hui s'alcen esglésies cristianes al barri històric de València, i també als ravals que rodejaven la ciutat. Existia un altre tipus d'edificació pública molt abundant: els banys. És ben sabut que els musulmans tenien gran afició per aquests establiments, que tenien més caràcter social que higiènic. Amb torns separats per a homes i dones, es pareixien bastant a una sauna. Una conducció subterrània d'aire calent mantenia el sòl de les distintes cambres a una temperatura elevada, per tal de produir vapor en abocar-hi poalades d'aigua.

Les botigues, els tallers i els obradors artesanals estaven agrupats per oficis en determinats carrers, com els gremis en les ciutats cristianes. Destacava l'alcasseria, barri situat en la zona que hui s'estén per darrere de la Llotja fins al carrer de Sant Vicent. Allí es concentraven els establiments comercials, des de les carnisseries fins als tallers de seda. També hi havia l'escorxador, més o menys per l'actual plaça Redona, i tenia un bassal al costat. Els cuireters estaven fora de la medina, al raval d'al-Falaqa (actual Roters), entre la muralla i el riu, perquè la seua activitat provocava olors fortes i desagradables. Al mateix lloc també abundaven els hostals, tant per a viatgers com per a cavalleries, ja que aquestes no podien transitar pel laberint interior de carrerons.

Hi havia uns altres ravals, com el d'al-Qudia, al tossal de l'actual barri del Carme, al costat del ja citat d'al-Falaqa; el d'al-Qudia al-adwa, situat en creuar el pont de pedra, a la zona de l'actual carrer de Sagunt; el raval d'al-Yadida, barri residencial nou que s'edificà a l'inici de l'actual carrer d'Alboraia, variant de la Via Augusta que creuava el riu per un pont de fustes sobre barcasses; el raval situat al pla d'al-Musal-la, actual zona de la Glorieta, o el de Baytala, que s'estenia des de la porta del mateix nom fins al mercat.

Un poc més cap al sud hi havia el raval de Raiosa, on vivien els cristians, localitzat per la Roqueta actual, lloc on segons la tradició va ser martiritzat i soterrat sant Vicent màrtir, hui patró de la ciutat. Els jueus, per contra, vivien dins de la medina, en el call o jueria, el seu barri propi. Ocupava la zona entre els actuals carrers de la Pau i de la Mar, i estava rodejat per un mur. Tots els ravals tenien les seues mesquites i banys propis, així com socs, sens dubte, el germen dels mercats setmanals que es munten en algunes barriades de la València actual.

També als afores de la ciutat es trobava l'almúnia reial, una finca d'explotació agrària que envoltava un extens palau. Els actuals vivers municipals són les restes d'aquell palau i de l'exuberant jardí que el rodejava. Hi ha documents que parlen d'una altra almúnia al poblat de Russafa, però no s'hi ha localitzat cap resta. També hi havia quatre cementeris que, lògicament, estaven fora de la ciutat, a prop de les portes de Baytala, de la Colobra i de la Xara.

6. L'HORTA

Des dels temps de l'Imperi Romà, si més no, a la ribera del riu Túria ja existia una producció agrícola estimable. La zona era lloc de pas i estada de guarnicions militars i també era notable el tràfec de comerciants, i calia cobrir les necessitats alimentàries. Els romans cultivaren el cereal, les oliveres i la vinya, però fins a l'època de l'Al-Andalus no es produeix l'explotació agrícola que hui coneixem. Els musulmans van crear la xarxa de regadiu que hi perdura encara, distribuint el cabal del riu en huit séquies principals que, en ramificar-se, no van deixar cap racó de l'horta sense aigua. Amb aquesta infraestructura hidràulica es va possibilitar el conreu de varietats pròpies de zones humides i s'hi van introduir espècies noves com l'albergina o la carxofa, que afegiren a la producció de ceba, bleda, fesol, fava, safanòria, nap i d'altres. Continuaren conreant el forment, la civada i el sègol, i van dur l'arròs. De les fruites, destacaren el meló, el meló d'Alger, la magrana, la taronja, l'albercoc i el codony. També era important la producció de canyamel, de xufes, d'herbes aromàtiques i de flors, i era freqüent trobar per tot arreu figueres i moreres.

El nucli de població bàsic que hi havia a l'horta era l'alqueria, un conjunt de cases senzilles al costat de la del propietari de les terres, que era la més important. Aquesta casa tenia habitacions que donaven a un pati interior amb un pou. Al voltant es distribuïen dependències annexes, com el forn, el graner, l'estable o el colomer. També es trobaven almàsseres i molins. Sovint les alqueries tenien una torre de guaita, que formava part de la xarxa de vigilància defensiva per a alertar la capital d'una possible incursió de pirates. Aquest conjunt de torres era conegut com «els ulls de Balansiya». Una unitat de població menor, però més abundant, era el rafal, semblant a una masia actual i també amb edificacions complementàries al voltant. Un poc allunyats dels habitatges s'ubicaven els ruscos d'abelles per a la producció de cera i mel, tan necessària en la rebosteria.

La vida al camp era tranquil·la però molt dura. L'horari laboral depenia de la llum del sol, cosa que donava jornades de huit o nou hores a l'hivern i de tretze o catorze a l'estiu, només interrompudes per les parades per a menjar. La mesura del temps només podia fer-se a partir d'indicis naturals, com la posició del sol, el cant del gall, els moviments de les aus, o els crits dels animals de la granja que reclamaven el menjar. Sobre aquests senyals els cinc resos diaris delimitaven els períodes on situar les activitats escaients. A la nit, en escassejar els instruments d'enllumenament, la foscor suposava el perill, i tancar-se en casa a dormir era l'única opció.

Resulta curiós el fet que al món islàmic hi havia la necessitat de combinar dos tipus de calendaris. D'una banda, com hem vist, el sol, amb la successió de les estacions, marcava els temps de la sembra i de les collites. Açò tenia repercussió en l'activitat artesanal i comercial del camp i de la ciutat. Per exemple, la verema a la tardor encetava els treballs de preparació de les panses; la maduració de les fruites i hortalisses desencadenava l'activitat comercial en les distintes botigues; la primavera portava la foliació de la morera i l'inici del cicle vital dels cucs de seda, cosa que encetava les tasques als telers. Tanmateix, mentre el calendari solar regia l'activitat comercial que depenia de l'agricultura, el calendari oficial era lunar, cosa que provoca que les commemoracions religioses i els esdeveniments de la vida social i política tinguen lloc en dates variables del cicle solar, segons l'any.[7]

7. EL NAIXEMENT DEL REGNE DE VALÈNCIA

Si la incorporació a la Corona d'Aragó del «regne enmig de la mar» (Mallorca) omplia les aspiracions del catalans, la conquesta de València era l'opció més cobejada per la noblesa aragonesa, que veia en aquesta acció militar l'única possibilitat perquè els territoris del regne, que s'estenien verticalment cap al sud des de Jaca, pogueren obrir-se a la mar. Sens dubte, qui més va influir en la presa de la decisió de la conquesta fou Balasc d'Alagó. Aquest noble hagué de fugir del regne per un greuge al rei, i va buscar l'acollida de Zayd abu Zayd a Balansiya, on estigué vivint un parell d'anys. En obtindre el perdó reial, va tornar a Aragó i, com a bon coneixedor de la riquesa de les terres sarraïnes on

7. Aquesta duplicitat té el seu origen en una ordre del califa Omar I, que va disposar reiniciar la numeració dels anys a partir de l'Hègira, la fugida del profeta Mahoma des de la Meca cap a Medina. Així, el 16 de juliol de 622 dC passa a ser el primer dia de l'any 1 de l'era musulmana. Com que l'any lunar dura entre 354 i 355 dies, es produeix un desfasament amb el calendari solar que suposa l'avanç de 10 o 11 dies cada any.

havia viscut, va participar en una reunió a Alcanyís (1231), amb el monarca i amb el mestre de l'orde de l'Hospital. Allí Balasc d'Alagó va proposar una estratègia que deixava a banda els castells, sobre els quals ja s'havien fet incursions amb èxit desigual, i es donava prioritat a l'atac a les ciutats situades en les planes, fàcilment accessibles per terra i per mar, amb la previsió que les places dels voltants optarien per la rendició.

El pla es va fragmentar en tres etapes. En la primera (1232-1233), van baixar des de Terol, seguint la vall del riu Palància amb el propòsit de conquerir Borriana i aconseguir, per conquesta o per rendició, el domini dels castells situats al nord: Morella, Ares, Almassora, Peníscola, Vinaròs, Benicarló, Xivert, Alcossebre i altres, fins a Orpesa. La segona fase tingué com a objectiu la conquesta de la capital del regne, i suposà l'annexió de la zona situada, més o menys, entre els rius Palància i Xúquer. En la tercera etapa s'aconseguiren les places del sud, fins a la línia Biar-Busot, que va marcar el límit fins al qual podia arribar l'expansió de la Corona d'Aragó, tal com acordaren el rei Jaume I i l'infant Alfons de Castella en el Tractat d'Almirra (1244).

Es pot considerar que la decisió d'iniciar la conquesta de la ciutat de Balansiya es pren l'octubre de 1236, quan les Corts Generals reunides a Montsó fan costat al rei. Ràpidament, Jaume I buscà més suports. Va decretar que, en dominar la ciutat, l'administració eclesial dependria de la Seu de Tarragona. També va acceptar l'oferiment de l'orde del Temple per a ajudar en l'empresa. Fins i tot, aconseguí una butla del papa Gregori IX, que atorgà a la conquesta el caràcter de croada (febrer de 1237). Prèviament a la maniobra definitiva, es produí l'atac a les places defensives al voltant de la capital, com les torres de Montcada i Museros, i també l'ocupació del castell de Jubayla (el Puig), que els sarraïns van destruir abans d'abandonar-lo. Jaume I va enviar el seu oncle Bernat Guillem d'Entença amb cent cavallers per a refer la construcció i conservar el domini d'un lloc de gran valor estratègic.

Cronològicament, la campanya va començar amb la convocatòria de tropes per al dia de Pasqua de 1237, a Terol. La resposta fou pobra, i el rei es va veure forçat a recórrer el territori buscant més suport. A l'agost, el rei Zayyan prengué la iniciativa i atacà el castell del Puig amb les seues tropes i d'altres vingudes des d'Alzira i Xàtiva. Sorprenentment, l'exèrcit musulmà fou derrotat i perseguit fins al riu Sec (barranc del Carraixet).[8] La batalla d'Enesa, nom amb què es conegué aquest enfrontament, va millorar molt l'ànim de les tropes cristianes, però la mort, el gener de 1238, del seu cap, Bernat Guillem d'Entença, féu dubtar més d'un. Per aquest motiu, Jaume I decidí presentar-se al Puig i va prometre als seus homes que no tornaria a anar-se'n fins que haguera caigut València.

Una nova convocatòria, el dia de Pasqua de 1238 (4 d'abril), va reunir suficients efectius perquè el rei conqueridor iniciara l'estratègia final. Amb la devastació de l'horta

8. És opinió comuna entre els historiadors que la versió d'aquesta batalla narrada al *Llibre dels fets* fou deliberadament exagerada pel rei. En l'estratègia militar, l'últim que faria una guarnició de cent homes seria eixir al pla a lluitar contra milers d'enemics i, a més, perseguir-los.

per a deixar sense queviures la ciutat, i amb la rendició de les poques torres que quedaven, com Paterna, Bétera o Bofilla, Jaume I va desplaçar l'exèrcit des del Puig fins a Russafa, començant el setge definitiu a Balansiya (22 d'abril). La major part de la població de l'horta es va retirar a la ciutat. Durant els mesos en què assetjaren la medina, no hi va haver cap batalla. Al *Llibre dels fets* es parla d'enfrontaments entre cavallers, prèviament acordats, per a mesurar forces. També s'hi relaten algunes accions amb l'objecte de debilitar la barrera defensiva, com l'intent d'obrir un trenc en la muralla, o l'incendi d'una torre de fusta, amb els defensors dins, que estava situada a la vora de la porta de Baytala. El mateix Jaume I fou ferit en el front per una sageta, en un acostament poc caut. Aleshores, Balansiya estava envoltada pel riu i per un antic braç d'aquest que, encara que ja no duia corrent, acumulava aigües residuals i de pluja, cosa que dificultava l'aproximació ràpida dels atacants. No obstant això, el rei Zayyan era conscient que no podria resistir el setge, i ordenà l'eixida d'emissaris per a demanar ajuda a diversos monarques islàmics. Només va respondre el rei de Tunis, qui va enviar unes quinze galeres que fondejaren al grau (agost), però no arribaren a desembarcar en comprovar que els cristians controlaven la situació. Fou aleshores quan el sobirà sarraí va enviar un intèrpret a Russafa per a acordar l'inici de converses per tal de retre la ciutat.

Les negociacions es van dur a terme amb el més absolut secret i només n'era sabedora la reina Violant. Finalitzades les gestions amb èxit, Jaume I ho anuncià als nobles i alts càrrecs que l'acompanyaven, i va presentar l'acord com una rendició de la ciutat a la corona. Aquest fet va provocar un profund malestar, perquè en no haver-hi batalla, no es pogué fer botí. Se'ls escaparen de les mans homes i béns mobles que el rei es va comprometre a respectar. Les capitulacions es van signar el 29 de setembre i Jaume I féu l'entrada triomfal a la ciutat el dia 9 d'octubre del 1238.

Annex 1
Cronologia de la conquesta

FETS HISTÒRICS PREVIS	
Any 1236	
Octubre	Corts a Montsó. Decisió de començar la campanya de València.
Any 1237	
2 de febrer	Butlla de Gregori IX: la conquesta de València es considera croada.
19 d'abril: dia de Pasqua	Convocatòria a Terol: pobra resposta, encara que vénen homes d'Aragó, Catalunya, Navarra, Castella, el sud de França, Gran Bretanya, la península italiana, Alemanya i Hongria.
Principi de l'estiu	Bernat Guillem d'Entença arriba al Puig amb cent cavallers des de Borriana. Prèviament reconstruiren el castell perquè els sarraïns l'havien destruït abans d'abandonar-lo.
20 d'agost	Batalla d'Enesa (el Puig). 600 cavallers i 11.000 soldats al bàndol sarraí són derrotats pels cristians i perseguits fins al riu Sec. Zayyan ofereix un pacte.

NOVEL·LA			HISTÒRIA	
CAPÍTOL	CALENDARI MUSULMÀ	FETS NARRATS	CALENDARI CRISTIÀ	FETS HISTÒRICS
	Any 635		Any 1237	
Introducció	Lluna nova de sàfar	Fugida de Tortosa	20 d'octubre	En Jaume I fa un recorregut per les seues possessions (Tortosa, Saragossa, Barcelona) per tal de reunir tropes.
1		La Vil·la Nova		
2		Balansiya		
3	12 de rabi al-awwal	Plantejament de l'enigma	2 de novembre	
4	Lluna plena de rabi al-awwal	1a pista	4 de novembre	
5	Lluna plena de rabí al-àkhir	2a pista	3 de desembre	
			Any 1238	
6	14 de jumada al-ula	3a pista	2 de gener	El rei torna al Puig per la mort de Bernat Guillem d'Entença.
7	Lluna plena de jumada al-àkhira	4a pista	31 de gener	

8	Lluna plena de ràjab	5a pista	2 de març	
9	Lluna plena de xaban	6a pista	1 d'abril	
			4 d'abril	Dia de Pasqua: Nova convocatòria de tropes al Puig.
			7 d'abril	Emissaris de Paterna, Bétera i Bofilla ofereixen al rei el domini d'eixos llocs.
	Lluna nova de xaban	Aniversari d'Ihsan	16 d'abril	
	4 de ramadà	Eixida de la Vil·la Nova	20 d'abril	
10	5 de ramadà		21 d'abril	Campament a València, entre el grau i la ciutat.
		Estada de Jaume I a Russafa	22 d'abril	Trasllat del campament a Russafa.

10	Lluna plena de ramadà		30 d'abril	
11		Abastiment de queviures per a l'exèrcit	D'abril a agost	S'assola l'horta. La població es retira a València. Setge a la ciutat. Intent de trencar la barbacana. El rei és ferit en el front per una sageta.
	Any 636			
	3 de muharram		16 d'agost	15 embarcacions del rei de Tunis no arribaren a desembarcar.
12	17 de sàfar	Desenllaç	29 de setembre	Capitulacions. Els musulmans podien quedar-se o anar-se'n en un termini de 20 dies.
Epíleg	Lluna nova de sàfar	Final	9 d'octubre	El rei entra a València.

Annex 2
Alqueries i torres de vigilància al voltant de la ciutat de Balansiya

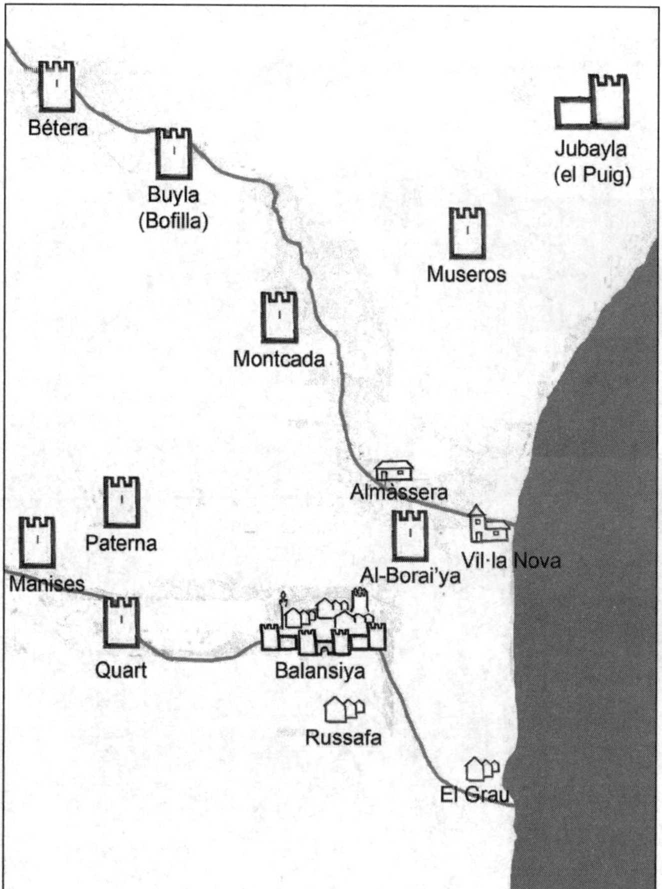

Annex 3
Localització de Balansiya (segle xiii) sobre el plànol de la ciutat actual

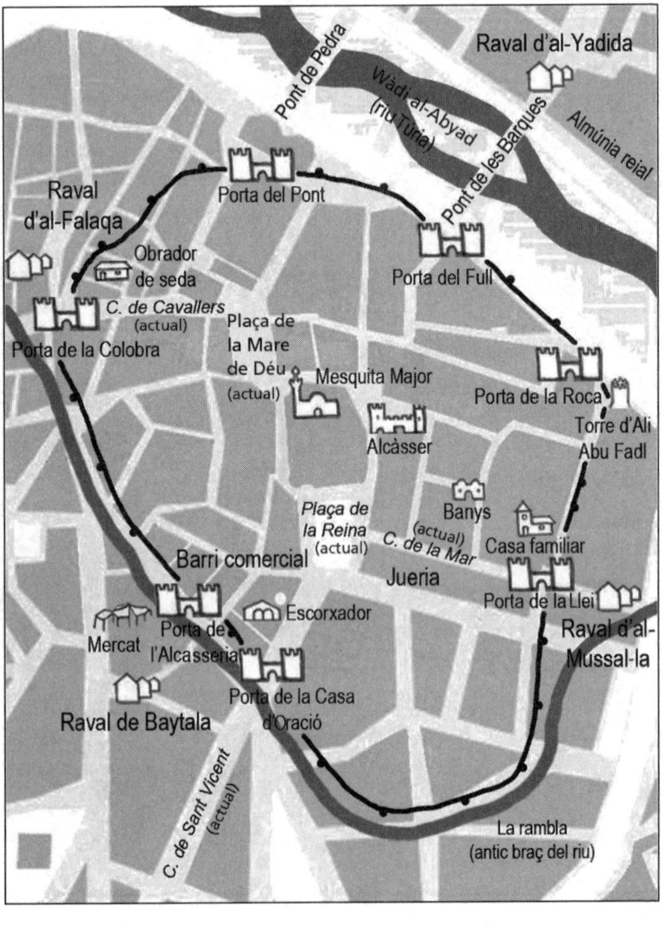

ÍNDEX